EL BOLICHE QUEMADO

-Cristian Piscitelli-

Piscitelli, Cristian
El boliche quemado / Cristian Piscitelli. - 1a ed. - Pehuajó : Cristian Piscitelli, 2025.
Libro digital, Amazon Kindle

Archivo Digital: descarga y online
ISBN 978-631-00-6801-5

1. Psicodrama. 2. Ambiente Rural. 3. Thriller. I. Título.
CDD A860

Aviso legal: Todos los derechos reservados. Queda prohibida la reproducción total o parcial de esta obra, ya sea en formato físico o digital sin la autorización previa y por escrito del autor. Cualquier reproducción no autorizada puede estar sujeta a acciones legales.

Estimado lector, el contenido de esta historia es una obra de ficción y cualquier similitud con personas reales, vivas o fallecidas, eventos o lugares, es puramente coincidencia. Las acciones y diálogos de los personajes son producto de la imaginación del autor y no deben ser interpretados como una representación exacta de la realidad. Esta historia está destinada únicamente a entretener a los lectores y no pretende glorificar ni promover ningún tipo de comportamiento violento ni ilegal. El autor no asume responsabilidades por cualquier interpretación errónea de los eventos descritos en estas páginas.

¡   **ADVERTENCIA DE CONTENIDO**   !

Este libro contiene algunos temas y descripciones que pueden resultar sensibles para algunos lectores.
Se recomienda discreción.
...

Dedicado a la memoria de Elisa.
A mi abuela, cuya historia encuentra vida en un personaje secundario de estas páginas, breve en la trama, pero eterna en el corazón de quienes la recuerdan.

Nota del autor

Los hechos y personajes de esta novela son ficticios... o tal vez no. En los pueblos pequeños, las historias no se cuentan, se susurran, se ocultan entre las grietas de las paredes y las miradas que prefieren evitarse. Lo que sucedió en Nueva Plata podría ser solo producto de la imaginación... o un recuerdo enterrado que todos decidieron olvidar.

Cualquier semejanza con la realidad es pura coincidencia, pero ¿quién puede asegurarlo? A veces, lo que negamos con más fuerza es lo que arde con mayor intensidad en nuestra memoria.

Lo que leerás aquí no busca certezas. Es un susurro que tal vez reconozcas, un eco de lo que pudo ser o de lo que aún persiste porque, en Nueva Plata, el fuego nunca se extingue del todo, y las llamas, aunque se oculten bajo las cenizas, siempre saben cómo volver.

Prólogo:

En Nueva Plata, el tiempo no transcurre como en otros lugares. Allí, el pasado no se aleja ni se desvanece; se acumula en capas de polvo sobre los muebles, en el crujir de las tablas de madera bajo los pies, en el eco de las voces que aún parecen resonar en las esquinas vacías. El pueblo, escondido entre las vastas llanuras, es un lugar donde cada piedra y cada árbol guarda historias que nunca serán contadas. No porque no haya quien las recuerde, sino porque en Nueva Plata, callar es un acto tan cotidiano como respirar.

Las vidas de los habitantes giran alrededor de lo mismo: el trabajo, las faenas del campo, los rezos que llenan el aire los domingos, y los pequeños rituales que dan un sentido repetitivo pero seguro a la existencia de cada quien. Sin embargo, hay un rincón del pueblo donde lo cotidiano se difuminaba, donde lo que no debía ser dicho encontraba refugio. Ese rincón era el boliche de Pedro, un lugar donde las sombras del pasado y los secretos más oscuros se deslizaban entre las botellas y los vasos, mientras los tangos sonaban como lamentos de algo que no podía ser nombrado.

En ese boliche, cada noche era un pacto tácito entre los que cruzaban su umbral. Allí no importaba quién eras afuera, solo lo que buscabas olvidar. Las copas se llenaban de vino espeso, de ginebra áspera, pero también de palabras no dichas, de historias que se quedaban atrapadas en el humo de los cigarrillos. Era un lugar donde las almas inquietas encontraban un instante de paz o una excusa para el desahogo. Pero ese consuelo tenía un precio: el silencio.

La gente del pueblo recuerda el incendio, aunque nadie habla de ello. Las llamas que consumieron el boliche parecían tener vida propia, devorando no solo las paredes y el techo, sino todo lo que se había construido dentro de esas cuatro paredes. Los que lo vieron desde lejos cuentan que el fuego parecía gritar, como si lo que se quemaba no fuera madera, sino algo más profundo, algo que siempre había estado ahí, oculto. Pero lo que pasó antes de esas llamas es un misterio que el pueblo nunca permitirá que salga a la luz.

Nueva Plata no es un lugar para preguntas, ni para respuestas. Es un lugar para olvidar, para mirar hacia adelante mientras el pasado sigue rondando como un viento que nunca cesa. Lo que se construye y lo que se pierde, lo que se calla y lo que arde, todo eso y mucho más queda atrapado en un ciclo que parece eterno. Y el boliche de Pedro, ahora reducido a cenizas, sigue siendo el corazón de un pueblo que no olvida, aunque finja que nunca sucedió.

Esta historia no busca ofrecer certezas ni verdades. Es un susurro de lo que pudo ser, de lo que tal vez fue, y de lo que aún persiste en las sombras. Porque en Nueva Plata, el fuego no solo quema, también transforma, y lo que deja atrás nunca desaparece del todo.

CAPÍTULO I

DESAFÍO A LA MEMORIA
COLECTA DE RECUERDOS

En una pared blanca deslucida, se encontraba circular, mediano, amarillento por el paso del tiempo y el untuoso ambiente de una cocina que alguna vez fue puro bullicio y vapor, marrones oscuros, los números romanos de ese reloj que marcaban las once y cuarenta.

Cada movimiento de ese segundero era seguido por los dos ojos ausentes y hermoseados por las prominentes y canosas entre rubias cejas de don Pedro, silencioso y oscuro como una sombra, sentado en una vieja silla de madera, inclinado y descansando sobre sus codos en una robusta y grisácea mesa de bar, la única que le quedaba de su proyecto juvenil, allá por los años sesenta, cuando los chacareros del pueblo acostumbraban pasar religiosamente mañana y tarde a tomar su vermut, y don Pedro; en aquel entonces, Pedrito, tenía la deferencia de acompañarlos con unos trozos de queso casero o algunas aceitunas sin costo adicional al ritmo de unos buenos tangos de Magaldi a un volumen discreto.

El bar de Pedrito era sin dudas lo mejor de toda la región y dicen, que incluso de otros pueblos llegaban expectantes a pasar el rato, algunos hasta con sus mujeres, las que se quedaban afuera esperando que sus maridos terminaran de disfrutar su momento, porque eso sí, estaba prohibida la entrada a mujeres, no solo en el bar del Pedrito, en cualquiera, una norma implícita que evitaba las peleas por las miradas o palabras indiscretas de algún hombre pasado de copas, que siempre lo hay.

Cada segundo que pasa en ese reloj, Don Pedro, esfuerza su memoria de ochenta y tres años para quizás, comenzar a imaginar desde un recuerdo real una nueva historia, un nuevo final.

En una neblina de olvido, encuentra una escotilla, y tras esta, las tenues luces del puerto de Génova que se alejan y en un pestañeo, un atardecer veraniego sobre el puerto de Buenos Aires, y la mano de su padre tomándolo del brazo al caminar sobre el gris azulado empedrado de la primera vereda argentina que lo vio caminar con solo cuatro años. Don Pedro se sigue esforzando en recordar, y únicamente obtiene que las piedras de aquella acera bajo sus pequeños pies se transformen en campos extensos, coloridos y sudor juvenil.

El anciano encontró al primer Pedrito adolescente hurgando en su frágil memoria.

Las cosechas eran muy sacrificadas, el sol de enero en Argentina parecía más intenso en Nueva Plata, los ricos andaban apurados y Pedrito podía verlos impacientes ir y venir como quien registra los avances en su tierra, y era clave estar atentos a su llegada para que no lo vieran fumando o lo despedirían, tal es así, que Pedrito había desarrollado la capacidad de fumar para adentro, con la brasa del cigarro armado rozándole la lengua pero sin quemarse, y apenas largaba un humo imperceptible a cien o doscientos metros de donde se paraban los señores, y cuando estos se retiraban, sin utilizar sus manos, el cigarro volvía a aparecer como si nada en los labios del peón, que todavía no cumplía sus quince años y ya se valía por sí mismo tras la muerte de sus padres de hacía ya un año. La mayoría de los incendios se iniciaban así, con una chispa que se apagaba con lo último que quedara de los campos.

A las once cuarenta y cinco, Don Pedro halló el recuerdo, como quien tropieza con una pieza olvidada en el rompecabezas de su memoria.

Los peones almorzaban todos juntos en un galpón del rico, con unos tablones improvisados en mesas y bancos. Los cuarenta grados del calor del medio día quedaban en el olvido cuando doña Elsa llegaba con la olla de guiso todavía sonando del hervor, esos sí eran guisos, tenían de todo adentro: fideos, tomate, cordero, cueros de cerdo, papa, zapallo, zanahorias, gallina, y mucho tuco para mojar la galleta. Pedrito y sus compañeros de la cosecha se servían hasta tres veces un plato hondo enlozado y los dejaban relucientes como si no los hubiesen utilizado.

Luego de esas comidas, el rico les permitía a los peones tomar una hora de siesta sobre las bolsas de semillas que estaban apiladas dentro del galpón. Fue en una de esas siestas en la que Pedrito vio por primera vez a Isabel mientras la jovencita volvía a colocar la cadena alrededor del poste y la tranquera para cerrarla y evitar que se escapara el cimarrón del rico quien lo quería como a un hijo.

Pedrito no podía dormir la siesta por el calor y decidió utilizar esa hora para refrescarse en el agua turbia del viejo molino a un lado del corral de los cerdos; tuvo que hacer una pausa para contemplarla llegar.

Un vestido más blanco que una nube, con pequeños estampados de margaritas, colgaba desde sus hombros hasta sus rodillas en una sola pieza, su piel recordaba a un alabastro entre blanco y rosado, sin la más mínima marca que perturbara su perfección, cabello largo, suelto, castaño y claro con salpicaduras de sol, los ojos marrones, grandes y despistados, la infaltable cinta roja en la muñeca izquierda, ritual de costumbre para combatir el mal de ojo, la envidia y otras magias de chimentos que más vale evitarlas con una simple pulsera roja. Lo más elevado de la humanidad a los ojos y antojos de Pedrito venía caminando hacia la casa en medio de un camino señalado por árboles frondosos de eucalipto que parecían saludarla al pasar a su lado.

Isabel era la menor de tres hermanos, la única mujer y el tesoro más preciado de doña Elsa, quien había decidido que su hija sería alguien en la vida y no terminaría siendo la cocinera de un grupo de peones mal educados, la mayoría forasteros, y por esa razón, cuando la patrona no estaba en la casa, hacía venir a Isabel para que leyera tranquila los libros de la señora en el sillón de la sala mientras ella hacía la limpieza del hogar que también era su responsabilidad.
Ya hacía varios meses que Isabel concurría a realizar esta tarea, pero Pedrito nunca la había visto, seguramente porque nunca se perdía la siesta o porque la puerta del galpón daba hacia el lado opuesto de la casa del patrón.

La señora, esposa del Rico, era bioquímica, pero no cualquiera, era de esas que tenían dos apellidos y eran importantes, no atendía en el pueblo, su marido la llevaba varios días a la semana a trabajar en Trenque Lauquen y aprovechaban esos viajes para abastecerse de alimentos y remedios para toda la semana, ya que en las ciudades grandes había más variedad y precio de cualquier cosa.

La sala de la casa tenía una biblioteca enorme que cubría toda la pared, un piso de madera, un mueble con radio, tocadiscos y una pequeña mesita de roble rodeada de tres sillones estilo Luis XV, dos de un cuerpo en tonos marrones muy hermosos. Isabel siempre elegía el que estaba al lado de la ventana, por la que antes se veía una interminable llanura desolada, en épocas de cosecha, el trigo y el maíz a punto la transformaban en una suerte de cuadro natural, y pasaba horas leyendo los libros de la patrona mientras que doña Elsa limpiaba la casa y lavaba la ropa.

Don Pedro suspira profundamente al recordar a Isabel caminando hacia la casa con solo trece años para comenzar a leer los libros que doña Elsa consideraba que serían la puerta que conduciría a su hija a una nueva vida, distinta a la de todas las mujeres de su genealogía. Desde ese día de enero, sin saber por qué, Pedrito decidió que Isabel sería parte de su destino, aunque nunca cruzaron demasiadas miradas ni palabras mientras duró la cosecha, y la vida los separó de manera tajante cuando el muchacho tuvo que buscar un nuevo trabajo, terminando muy lejos, en la provincia de la Pampa, cuidando caballos para don Osorio, un rico que pagaba muy bien pero que no le importaba la vida de nadie más.

La memoria de Don Pedro comenzaba a aclararse desde ese recuerdo, el segundero no paraba y cada movimiento era un año tras otro hasta llegar a los siete, con historias intermedias sin trascendencia ni hitos que sobresalieran, con la vida en automático.

La imagen de Isabel era un faro que Pedrito eligió seguir y se dedicó a ahorrar cada generoso pago que don Osorio le daba, con el solo objetivo de volver a Nueva Plata y casarse con la joven lectora de libros gruesos en sillones Luis XV.
"Las cosas siempre pasan por algo", era la frase de cabecera de muchos que justificaban su incapacidad de generar los medios para que los infortunios no sucedieran, y era justamente la frase que repetía siempre Don Osorio cuando ocurría una desgracia en su entorno o le tocaba despedir a algún empleado porque se le antojaba o no le caía bien al idiota de su hijo.

Pedrito logró estar siete años trabajando con la familia Osorio, los caballos lo habían elegido como su protector y cuidador, eso bastaba para el patrón, porque los animales estaban bien alimentados, limpios, cómodos y lo reflejaban en las victorias de las cuadreras los fines de semana, desde donde Osorio volvía más rico que antes, pero fue en una de estas carreras en las que el corazón apostador del hombre no aguantó la adrenalina y estalló cuando faltaban veinte metros para una nueva victoria.

El funeral de Don Osorio pasó desapercibido, solo una hermana del viejo se tomó la molestia de viajar desde Catriló para despedirlo junto a la viuda y el hijo despreciable que quedaría a cargo de administrar toda la fortuna de la familia. Entonces, Pedrito decidió no seguir en La Pampa... Las cosas pasan por algo y, sin muchas explicaciones al negar la oferta de la familia para que se quede, tomó sus ahorros, y lo que quedaba de los Osorio le pagó una liquidación jugosa y razonable en reconocimiento al cariño que le tenía el viejo y emprendió su viaje sin destino, porque no tenía nada, caminando muchas leguas hasta llegar a una ruta de ripio que eran las más transitadas y tenían mejor conexión entre las ciudades.

CAPÍTULO 2

VOLVER AL FARO

Don Pedro recuerda ese momento, ese instante de decisión que lo cambiaría todo, Pedrito llegó muy cansado de caminar hasta el ripio, se sentó, tomó un paja del suelo, se sacó la boina y miró para ambos lados. De un lado, a trescientos y pico de kilómetros estaba la tierra que él conocía, quién sabe con qué historia nueva, con un amor platónico que a esa altura ya tendría veinte años y seguramente estaba ya casada, y del otro lado, la incertidumbre, lo desconocido.

Una mente sin estudios que se plantea semejante desafío no tiene otro razonamiento más que volver a lo conocido, el miedo a la incertidumbre paraliza y es entonces cuando en estas circunstancias, a personas como Pedrito les resulta más fácil decidir; tomó su bolso y emprendió su viaje de regreso a la tierra de su faro, donde no tenía nada, solo la esperanza de que todo hubiese apenas cambiado.

Don Pedro esboza una sonrisa al reloj. Recuerda que tardó cuatro días en llegar a Nueva Plata, sus pintas no le ayudaban mucho para conseguir quien lo llevara, pero siempre aparecía algún paisano que lo acercara algunos cortos trechos.
Al llegar la noche, Pedrito dormía como podía al costado del camino y las estrellas del otoño fueron testigos de su odisea, un pedazo de galleta, algunos sorbos de agua y a continuar.

Pedrito llegó a su destino una mañana, con sus únicos zapatos casi sin suelas, hambriento, deshidratado, pero con suficiente dinero en su bolso para comprar lo que fuera. La urgencia lo llevó directo al almacén de ramos generales de don Pignanelli, otro inmigrante italiano que llegó con su familia en el mismo barco y fue quien los había traído a ese pueblo para trabajar, el padre de Pedrito, hasta su muerte repentina, fue muy amigo del almacenero y era costumbre juntarse entre las familias a comer pasta los domingos, es por eso que el compatriota no dudó en brindarle un lugar en su casa para que pudiese estar mientras conseguía el propio, ya que sus hijos ya habían formado sus propias familias y ya no estaban con ellos.

Pedrito durmió todo un día de corrido. Al despertar, tenía un solo objetivo, saber de Isabel. Mientras se afeitaba, practicaba cómo hablarle, qué decirle en caso de encontrarla, cómo mirarla para que la señorita no pensara mal ni se espantara, con don Pignanelli no podía hablar esas cosas, por eso se preparaba para ir al Club, donde había un bar de copas y gente menos ortodoxa en su manera de ver la vida, ahí se sabía todo, siempre había sido así, las copas hacen su trabajo y sueltan las lenguas más que de costumbre.

La puerta roja de chapa abría para adentro y se cerraba sola con un resorte, invento de don Ricardo, el propietario del lugar, chocaba contra el gran mostrador negro y los golpes se notaban contra este en marcas viejas, rayones que don Ricardo aceptaba porque la bomba de agua estaba allí, y era más fácil que andar con un balde llevando agua hasta otro lugar. A pesar de que eran las once de la mañana, estaba oscuro, solo algunas lámparas brillaban tenues, cuatro colgantes desde el techo a una altura que fácilmente podría chocarlas cualquiera con la cabeza, le daban un tono sepia al ambiente, sin ventanas al exterior, solo una muy pequeña al fondo que daba a la parte de atrás pero había una pared que blindaba la luz natural que podía llegar a entrar, y por eso tenía una cortina roja del mismo tono que la puerta. Había cuatro mesas dispuestas en el lugar, cada una debajo de cada lámpara, dos butacas en el mostrador.

Solo había tres personas además de don Ricardo, dos viejos que eran hermanos y vivían frente al club y un joven músico bohemio y soñador que tocaba la armónica y la guitarra criolla al mismo tiempo, todo un showman para la época, conocido de Pedrito en alguna changa temporal, su nombre era Carlitos Sanchez, quien al verlo ingresar al club dejó la guitarra en la mesa y se acercó con los brazos extendidos para juntarlos en un abrazo fuerte y profundo seguido de una invitación a tomar unas grappas que eran la especialidad de la casa, Carlitos comenzó a contarle a los vecinos de en frente y a cada uno que llegaba, entre risas, sobre la habilidad de Pedrito con los cigarros, los choclos que se llevaban al pueblo y los cambiaban por cervezas en la sodería, las veces que ganaban campeonatos de truco con trampas entre los peones para decidir quién pagaba el vino, entre tantas anécdotas divertidas que ni el recién llegado recordaba.

Carlitos siempre había sido el divertido de cualquier grupo, aprendió a tocar la guitarra desde los ocho años solo de ver a su padre, y el instrumento fue lo único que había heredado a los dieciséis años, siempre se la rebuscó solo, como Pedrito, trabajaba en temporada de cosechas de sol a sol y cuando no había trabajo en el campo se iba a ordeñar y repartir leche a Pehuajó con su tío paterno, porque pensaba en tener que ayudar a su madre a alimentar a sus tres hermanos menores, ya que a pesar de que la mamá de Carlitos cocía, lavaba y planchaba para otros, el dinero no alcanzaba, quedaban pocas gallinas y algunas ovejas, pero la música y el show, eran su pasión, se le notaba muy feliz tocando para una o cien personas, por eso es que habitualmente se le encontraba en el club, porque siempre había público predispuesto a escucharlo y valorar su talento con algunas copas de propina.

Ese día, Carlitos invitó a Pedrito a cenar a su casa, había construido una familia muy unida, una mujer muy simpática, acorde a él, y pululaban tres niños de entre uno y cinco años por toda la casa.
Pasaron los tallarines con pollo acompañados con un vino tinto añejo y patero que Carlitos conservaba en damajuana y lo servía en ocasiones especiales, la noche terminaba en la vereda tomando una ginebra de esas fuertes que arden en el esófago, cigarro mediante.
Entre las últimas charlas de medianoche, justo antes de despedirse, Pedrito le preguntó a su anfitrión sobre Isabel, la hija de Elsa, la cocinera, la del campo de Funes, que la mujer era bioquímica y malhumorada, a lo que Carlitos reaccionó con simpatía y lo corrigió al pasar:

—Isabelita, Tita le decimos ahora, si, un bocho esa piba, esta de enfermera en la salita, justo ayer me vacunó al más chiquito de los míos.

Pedrito respiró profundo, al fin pudo comprobar que Isabel seguía en Nueva Plata, que no se había casado ni se le conocía pretendiente, que era muy querida y respetada en el pueblo por su profesión.

La mezcla de una rica cena, la charla, el vino añejo, la ginebra y el cigarro, sumado a las buenas noticias, hicieron de esa noche la mejor de los últimos diez años para Pedrito, que se fue sonriendo y pateando piedras todo el camino hasta el almacén de don Pignanelli.

Don Pedro se acomoda en su silla, aparta la mirada del reloj en la pared y la reposa en el gris de la mesa, cruza sus pies debajo de la silla y sostiene su cabeza desde su parietales, dejando deslizar por su prominente nariz, una lágrima que seguirá cayendo hasta su canoso, desprolijo, amarillento de alquitrán y abundante bigote.
Pedrito estaba decidido a ver a Isabel, ahora "Tita", el encuentro estaba a tan solo un cruce por la diagonal de la plaza y luego siguiendo una cuadra y media. Las distancias son cortas en los pueblos.

Frente a la puerta blanca, Pedrito tomó y giró el dorado picaporte y mientras empujaba comenzó a ver los pisos blancos como si nacieran de la tierra con cada centímetro que recorría la abertura, mientras levantaba la cabeza aparecían las dos sillas de la sala de espera, color salmón, con sus patas de caño marrón oscuros, vacías como la mayoría de las mañanas.

El amor en los tiempos de tango y milonga sí que era amor o algo parecido a la obsesión: era devoción por simple piel o miradas tiernas, más que la lujuria y sus secuaces; la palabra valía y los propósitos eran un fin a seguir, un motivo para vivir y soportar lo que fuera. Pedrito lo vivió así, ilusionado en aquellas noches pampeanas, imaginando una vida tranquila con su tantas veces soñada esposa.

Al cruzar la puerta, un aroma punzante de alcohol y merthiolate lo envolvió de inmediato, seguido de una voz suave que llegaba desde detrás de otra puerta entreabierta:

—Ya estoy con usted, espere un momento.

Esa frase estremeció la piel de Pedrito y lo enmudeció, como si los nervios lo paralizaran al igual que a un extranjero quien no entiende el idioma. Sintió que el tiempo se detenía, como si el universo conspirara en silencio para prolongar ese instante.

Cada segundo de espera se alargaba, convirtiéndose en una eternidad. Cerró los ojos un instante, tratando de encontrar en su memoria la imagen de Isabel, esa joven con la cinta roja en la muñeca, la que caminaba bajo el sol entre los campos de trigo protegida por dos cordones de eucaliptos. Pero la voz que lo había llamado, suave y firme, le recordaba que el tiempo había pasado, y que la Isabel de su juventud ahora era Tita, una mujer hecha de otros silencios, otras distancias.

El Boliche Quemado

CAPÍTULO 3

EL REENCUENTRO

Don Pedro se acomoda nuevamente en la silla, se acaricia el bigote con el índice y el pulgar, lanzando una pequeña tos, como para calmarse.

La puerta del consultorio que da hacia la sala de espera se abre y sus miradas se encuentran. Por un instante, el tiempo se adormece en un silencio expectante. Tita deja salir una sonrisa cordial desde el centro de sus finos labios prolijamente pintados de un rojo profundo que contrasta con la palidez de su cuidada piel. Su chaqueta blanca, pulcra y radiante, la envuelve en una autoridad distante, y un par de cabellos claros se asoman bajo el gorro de tela almidonada, sujetos con precisión. Sus ojos (claros y serenos, apenas delineados) siguen siendo los mismos de aquella joven que él recordaba, la misma mirada que guardaba el eco de un amor sin manifestar y apenas confesado.

Pedrito sintió un latido intenso en el pecho, como si todo lo vivido desde entonces se condensara en ese cruce de miradas que reflejan ahora una mezcla de tiempos olvidados, de caminos que los habían llevado por vidas distintas y que, sin embargo, de alguna manera, los habían traído de regreso, al menos por ese instante.

Respira profundo, sintiendo el peso de los años en su voz antes de siquiera pronunciar una palabra, la mira, atento a cada detalle en su rostro, buscando un destello de reconocimiento, pero sus ojos claros también lo miran con la misma cordialidad profesional con la que probablemente recibe a cualquier paciente sin importar cual mañana fuera.

—Buenos días, señor... —dice ella con una sonrisa

educada mientras revisa sus papeles sin levantar la vista—. ¿En qué puedo ayudarlo?

La ilusión de Pedrito se tambalea un instante. Su voz, al responder, suena un poco temblorosa.

—Ah... soy Pedro, Pedro... —hace una pausa, sabiendo que su apellido no le dirá nada, pero sintiéndose obligado a decirlo de todos modos—. Pedro Marchetti. Soy de aquí... bueno, del pueblo, estuve muchos años en otro lado pero volví.

Tita lo mira por un segundo más, sin señales de reconocimiento, y asiente con una sonrisa ligera.

—Mucho gusto, señor Marchetti. ¿Qué lo trae por aquí? ¿Tiene alguna molestia?.

Pedrito traga saliva, y una mezcla de nostalgia y desilusión se refleja en sus ojos. Trata de mantener la compostura sin perder la esperanza de que tal vez algo en su rostro despierte un recuerdo en ella.

—Vine... —empieza, como si las palabras fueran más pesadas de lo que esperaba—. Vine a visitar algunos lugares que hace mucho no veía. Y... me acordé de la gente también.

Tita asiente todavía con esa calidez profesional, y lo invita a sentarse en la silla, él se sienta lentamente, su mirada baja un instante resignándose a aceptar que para ella, él es solo otro de tantos que atiende a diario. Pero no se da por vencido del todo.

—¿Sabes? Hace muchos años solía andar por acá...

bueno, en realidad iba al campo, donde trabajaba tu madre, Elsa. Cocinaba para nosotros en la cosecha —dice Pedrito, con un tono un poco vacilante—. Usted era apenas una niña.

Tita lo observa ahora con un interés más genuino, como si aquellas palabras despertaran un destello de curiosidad.

—Mi madre hablaba mucho de esos tiempos... Aunque, discúlpeme, creo que nunca lo mencionó a usted, al menos no recuerdo que mencionara su apellido —responde ella con amabilidad, pero sin reconocimiento en su mirada.

Pedrito asiente, dejándose llevar por la nostalgia. La distancia del tiempo y la falta de recuerdos compartidos pesan en su pecho, pero no puede evitar sonreír levemente al preguntar:

—¿Y cómo está doña Elsa? ¿Sigue con esa fuerza que la caracterizaba? —pregunta Pedrito, esforzándose por sostener la mirada, aunque teme la respuesta.

Tita desvía los ojos un instante, y su expresión cambia, volviéndose más serena, casi melancólica.

—Mi madre falleció hace dos años, antes de que yo terminara mis estudios de auxiliar de enfermería —dice en un tono suave, dejando caer las palabras con cuidado—. Ahora vivo aquí a dos cuadras, con mis hermanos Néstor y Horacio en la casa que era de ella.

El corazón de Pedrito se encoge al escuchar la noticia. Aquella mujer fuerte y decidida, la cocinera que lo alimentó tantas veces y que fue un símbolo de su juventud, ya no está. Baja la vista por un instante, tratando de encontrar las palabras adecuadas.

—Lamento mucho escuchar eso... —murmura, apenas en un susurro—. Su madre fue una gran persona. Todos la queríamos en la cosecha, siempre hacía comida de sobra a escondidas del patrón para que no pasáramos hambre...

Un silencio profundo se instala entre ambos. Pedrito respira hondo y, aunque las palabras se le atoraban en la garganta, decide arriesgarse y seguir adelante.

—Si no le incomoda, pensaba que tal vez podríamos... podríamos conversar un rato. Esta tarde, en la plaza —dice al fin, mientras su voz apenas se sostiene, llena de un respeto temeroso—. Me gustaría contarle sobre esos tiempos... y, no sé, hablar de cosas que nunca me animé a decir. Si usted tiene tiempo, claro.

Ella lo observa, algo sorprendida por la invitación, pero también intrigada. Una ligera sonrisa asoma en sus labios, aunque sus ojos reflejan una mezcla de curiosidad y amabilidad.

—Esta tarde... sí, podría estar bien. Salgo a las cinco, y después no tengo compromisos. Nos vemos en la plaza Pedro, espéreme por allí.

Él asiente, tratando de contener la emoción que amenaza con traicionarlo.

—Gracias... gracias, señorita. No sabe cuánto significa para mí, la estaré esperando desde temprano por si sale antes.

Ella asiente con una sonrisa amable y, tras un gesto cordial, regresa a sus ocupaciones. Él, en cambio, sale de la salita con aire victorioso, silbando un tango bajo apenas pisa la vereda.

En aquella época, en una comunidad pequeña y cerrada, los encuentros entre un hombre y una mujer soltera en un lugar público no eran actos inocuos, sino gestos cargados de significado. La sola idea de que dos adultos, un hombre y una mujer joven sin esposo, se reunieran en la plaza —centro de miradas indiscretas y de rumores siempre latentes— era suficiente para desatar murmuraciones entre la gente. Las relaciones no escapaban al juicio ajeno; se regían por un entramado de convenciones implícitas, inflexibles, que definían el comportamiento y los vínculos.

Para una mujer como Tita, soltera y viviendo bajo el techo de sus hermanos, cualquier interacción pública podía interpretarse como un compromiso tácito, o al menos como una insinuación de interés sentimental. Las expectativas eran claras: su rol debía girar en torno al cuidado del hogar y la conservación de una reputación intachable, especialmente en ausencia de un esposo.

La soltería era un estado incómodo para muchas mujeres, que vivían bajo la sombra de la sospecha y el escrutinio constante del pueblo. Los hermanos Néstor y Horacio, se sentían responsables de proteger el buen nombre de su hermana, y esa responsabilidad se traducía en una vigilancia silenciosa sobre con quién se relacionaba y bajo qué circunstancias. Una reunión con un hombre, sobre todo uno que el pueblo no consideraba parte de sus relaciones cercanas, podía abrir la puerta a malentendidos y rumores, hasta convertirse en motivo de cuestionamiento sobre las intenciones de ambos.

Para Pedrito, invitarla a la plaza no era un acto menor. Sabía que, a los ojos del pueblo, una propuesta como esa podía resultar inapropiada y despertar desconfianza. Consciente de las implicaciones, comprendía que su invitación no era solo un gesto cordial; en una sociedad que leía entre líneas, cada palabra y cada gesto en ese encuentro serían interpretados, juzgados y comentados. Pero el peso de los años y de los sentimientos contenidos le otorgaban una determinación que en otro momento no habría tenido.

Bajo las percepciones ajenas, cualquier conversación entre él y Tita sería una declaración silenciosa, una pequeña revelación ante los ojos más críticos de la comunidad... al menos de la mayoría.

Para Tita, aceptar la invitación del hombre fue un impulso que casi le sorprendió. Quizás, por un momento, el tono de aquel extraño le despertó una ternura apenas contenida, una nostalgia ajena y a la vez cercana que la arrastró a un instante suspendido entre el deber y el deseo de escapar, aunque solo fuera por unos minutos, de la vida que tan cuidadosamente había mantenido. Porque en realidad, aunque pocos lo sabían, Tita había pasado años habitando una vida moldeada más por las expectativas ajenas que por sus propios anhelos. Cada paso estaba guiado por los silencios de la comunidad y las miradas de sus hermanos, quienes, tras la muerte de su madre, se convirtieron en los guardianes de su reputación, o, como ella lo sentía a veces, en los celosos vigilantes de una libertad siempre postergada.

El peso de ser mujer y, por si fuera poco, soltera en un pueblo tan pequeño la había encajonado en un papel rígido. Sentía que su vida estaba definida por su apariencia de rectitud y la frialdad profesional de su uniforme blanco, como si cada pliegue de su chaqueta almidonada y cada hebra recogida bajo su gorro crearan una barrera invisible entre ella y aquellos sueños juveniles que apenas se permitía recordar. Cada salida, cada conversación y cada gesto en público era observado, anotado en un registro silencioso y, con frecuencia, comentado. Pero al escuchar la invitación de Pedrito, algo en su interior cedió, una pequeña grieta en la coraza de contención que había ido construyendo con el paso de los años.

Por primera vez en mucho tiempo, ella se permitió no pensar. No se preocupó por las miradas de reojo de los vecinos al verla en la plaza con un hombre que, aunque apenas mayor, era un desconocido para ella y casi para todos. Tampoco pensó en cómo, al regresar a casa, sus hermanos, más atentos al qué dirán que a su propio bienestar, notarían la ausencia en su rutina y cuestionarían sus motivos. No se detuvo a imaginar lo que su madre habría opinado, esa madre que, aunque en vida la amaba profundamente, soñaba para ella un destino tan distinto, que Tita a veces se preguntaba si vivía para sí misma o para cumplir un ideal ajeno.

La decisión fue rápida, casi instintiva. Quizás era el cansancio de mantener siempre la misma fachada de habitar una vida correcta, aunque sin el calor de la sorpresa, sin la chispa de humanidad que veía en los ojos de sus pacientes o en las historias que algunos, en su vulnerabilidad, se atrevían a compartir. Quizás, en el fondo, aceptar la invitación de ese hombre era su propia forma de rebeldía, un modo de probar, aunque fuera por una tarde, un destello de libertad, porque en ese momento, lo que realmente le importaba no era el juicio de los demás, sino permitirse, aunque solo fuera por unos minutos, ser la mujer que había deseado ser y no la figura intachable que el pueblo conocía y esperaba siempre que fuera.

Con un ligero temblor en las manos y un nudo en el estómago, Tita se preparó para el encuentro, consciente de que aquel simple acto de pasar tiempo con un hombre en público podría ser, en el fondo, el cambio que había anhelado en silencio sin atreverse a imaginarlo.

El Boliche Quemado

CAPÍTULO 4

LO NUEVO

LIBERTAD

El Boliche Quemado

El camino hacia la plaza era corto, apenas una cuadra y media, pero Tita lo percibía interminable. Cada paso parecía pesarle más que el anterior, no por cansancio físico, sino por el murmullo incesante de su conciencia, que le recordaba que ese no era su camino habitual, que había otras miradas que podían transformarse en un juicio. El aire tibio de la tarde la envolvía, cargado de olores familiares: tierra seca, jazmines en flor, el humo tenue de algún fuego lejano. Todo parecía igual que siempre, y sin embargo, nada lo era.

Avanzaba despacio, como si los adoquines bajo sus pies se fueran hundiendo, atrapándola en un terreno incierto. Se preguntó, sin querer realmente responderse, por qué había aceptado la invitación de aquel hombre. ¿Qué buscaba él al invitarla? ¿Qué buscaba ella al aceptar? En su pecho sentía una inquietud desconocida, una mezcla de emoción y recelo que se confundía con los ecos de su educación. Había aprendido a caminar recta, con la mirada serena, a no dejar nunca que su sombra proyectara dudas en el suelo que otros pisaban. Sin embargo, esa tarde, sentía que cada uno de sus movimientos delataba algo que no podía nombrar.

La figura de Pedro se había instalado en su mente desde el momento en que cruzaron miradas. Había algo en él que la inquietaba, una especie de ternura contenida que no encontraba lugar en las interacciones habituales de su día a día. En su trabajo, las palabras eran medidas, prácticas; los gestos precisos y sin ambigüedad. Pero con él era diferente. Su voz temblorosa, sus manos algo torpes al explicarse, tenían una sinceridad que ella no había encontrado en años. Y eso la perturbaba. Había aprendido a valorar lo seguro, lo predecible. Lo que él le ofrecía no era eso; era, más bien, una grieta por donde podía asomarse algo desconocido.

Las normas invisibles que regían su vida no le dejaban olvidar lo que estaba haciendo. Una mujer y un hombre, solos en un espacio público, eran una escena cargada de implicaciones, un acto que, aunque inocente, podía ser leído de mil maneras por las miradas del pueblo. El juicio colectivo era una sombra que siempre la acompañaba, ella lo conocía bien, tan sutil como el roce del viento en su cuello, pero tan persistente como una piedra en el zapato. No había intenciones maliciosas en su encuentro, pero ¿cuándo importaban las intenciones en un lugar donde lo que importaba era la apariencia?

Tita apretó los labios, sintiendo un leve temblor en sus manos. Pensó en su madre, en las palabras que le habría dicho de estar viva: "Las mujeres deben cuidarse de los silencios que las rodean, porque en esos silencios nacen los rumores". Pero, por primera vez en mucho tiempo, sintió que no le importaban los rumores. Había aceptado la invitación porque, al final del día, quería entender por qué aquel hombre había recorrido tantos años y tantos recuerdos para llegar a ella, y quería entender por qué, al escucharlo, su corazón había sentido algo parecido a la curiosidad... o al misterio.

Al cruzar la última esquina antes de llegar a la plaza, se detuvo un instante. Cerró los ojos y respiró hondo, intentando calmar el vértigo que sentía en su pecho. No estaba segura de qué iba a encontrar en ese banco donde él la esperaba, pero sí sabía que algo en ella, por pequeño que fuera, cambiaría después de ese encuentro. Y eso, aunque la aterraba, también la impulsaba a seguir caminando.

Nunca debió cruzar esa calle.

Don pedro enciende un cigarro mientras continúa viendo el reloj en la pared.

El banco era incómodo, pero Pedro permanecía inmóvil, con las manos apoyadas sobre las rodillas y los ojos fijos en la entrada de la plaza. Había llegado temprano, demasiado temprano quizá, y ahora el tiempo se arrastraba como un animal herido, dejando tras de sí rastros de pensamientos que no podía evitar. La plaza, con sus bancos gastados y la brisa apenas susurrante, había sido durante años un escenario anodino en su vida, pero ahora se había transformado en un lugar cargado de significado. No podía decir por qué, pero la espera le parecía sagrada, como si cada segundo lo acercara más al vértice de una vida que siempre había girado en torno a ella.

Desde el encuentro en la sala, algo en él se había encendido, como una llama que nunca terminó de apagarse. Volver a verla, escuchar su voz, le había dado forma a todos esos recuerdos que durante décadas habían flotado sin rumbo en su memoria. Pero la Isabel que había conocido en su nacida adolescencia se había mezclado tanto con sus fantasías que ahora no estaba seguro de dónde terminaba ella y dónde empezaba su obsesión, ella lo inquietaba de una forma que no lograba explicar. Había algo en su mirada, en su distancia calculada, que lo hacía sentirse pequeño y hambriento a la vez.

Mientras la veía cruzar la calle, sintió cómo una corriente de emociones lo atravesaba. Cada paso de ella hacia la plaza parecía un acto deliberado, como si el destino mismo la empujara hacia él. Pero no era el destino lo que la traía, sabía eso, era algo más simple, más banal: cortesía, educación, tal vez una pizca de curiosidad. Nada que se acercara a la intensidad con la que él la había pensado, con la que había revivido cada instante en el que la había visto de lejos, cada palabra que nunca se atrevió a decir.

Cerró las manos en puños sobre sus rodillas, intentando controlar el temblor. Desde la sala hasta ese instante, había ensayado mil veces lo que quería decirle, pero en ese momento en el que ella estaba allí, cruzando la plaza bajo la luz suave del atardecer, todo en su interior era un caos. Era extraño, pensó.
Cuando Tita estuvo a unos metros, Pedro alzó la mirada, intentando fijar su atención en el momento presente. Pero su mente jugaba con los recuerdos, con fragmentos de una vida que no había sido más que suya. La plaza, el banco, el aire tibio; todo lo que lo rodeaba parecía estar teñido por esa mezcla de deseo, obsesión y un anhelo que ya no tenía nombre.
Su sonrisa fue leve, apenas un movimiento en el tenso rostro, pero en su interior, algo oscuro seguía agazapado, esperando

su oportunidad para salir.

El aire del atardecer había perdido su tibieza, y una brisa ligera comenzaba a moverse entre los árboles, trayendo consigo el olor a tierra seca y hojas viejas. La plaza parecía contener el aliento, como si los bancos, los libustros y las farolas fueran testigos silentes del encuentro que se estaba gestando. Pedro e Isabel (Tita) se sentaron juntos en un banco de madera, separados apenas por un espacio que, aunque pequeño, parecía inmenso.

Desde la distancia, podrían haber parecido dos conocidos conversando, pero, al observar más de cerca, la escena revelaba algo más. Pedro se inclinaba ligeramente hacia ella, sus manos apoyadas en las rodillas, con los dedos entrelazados en un gesto de contención nerviosa. Su mirada, fija en ella, tenía algo hipnótico, casi obsesivo, como si intentara aferrarse a cada gesto, a cada palabra que ella pudiese dejar escapar.
Tita, en cambio, estaba erguida, con las manos juntas sobre su regazo. Había en ella una tensión sutil, una mezcla de cortesía y recelo que no lograba ocultar del todo. Sus ojos se deslizaban hacia Pedro con cautela, buscando en su rostro algo que pudiera explicar por qué, en ese momento, había decidido quedarse.

—Es curioso cómo la vida nos lleva de vuelta a los mismos lugares —murmuró Pedro rompiendo el silencio. Su voz era grave, pero con un filo contenido, algo que vibraba entre la nostalgia y una intensidad inquietante—. Como si todo este tiempo no hubiera sido más que un parpadeo... y de repente... aquí estamos.

Tita giró ligeramente la cabeza hacia él, estudiándolo en silencio. Había algo en esas palabras que la incomodaba, aunque no podía identificar qué era exactamente. Él hablaba con una familiaridad que no se correspondía con la distancia que los años y las circunstancias habían puesto entre ellos. Sin embargo, más que rechazarlo, esa intensidad despertaba en ella una curiosidad casi involuntaria, como si estuviera frente a un misterio que no podía ignorar.

—El tiempo siempre parece más corto cuando se mira hacia atrás —respondió ella con un tono contenido, tratando de no dejar traslucir la ligera incomodidad que la invadía—. Pero la verdad es que han pasado muchos años. La vida no siempre nos lleva de vuelta; a veces solo da vueltas.

Pedro sonrió, pero su sonrisa no llegó a sus ojos. Era una expresión calculada, pensada para suavizar sus palabras, pero que, a pesar de su intención, contenía algo inquietante.

—Y sin embargo, aquí estamos —dijo, inclinándose un poco más hacia ella—. ¿No le parece que eso debe significar algo? La vida da vueltas, sí, pero algunas vueltas nos llevan justo al lugar donde debíamos estar.

Tita bajó la vista, sintiendo cómo las palabras de Pedro la rodeaban como una niebla que se filtraba en los espacios que ella había mantenido cerrados durante años. Quería decir algo, algo que pusiera una barrera entre ellos, pero no lo hizo. No sabía por qué, pero no dijo palabra alguna a pesar de que no entendía lo que él le decía, ella vivió otra realidad, apenas horas de haberlo visto, de alguna manera, por primera vez, ella no comprendía de ninguna manera lo que él sentía, no lograba entender sus metáforas ni comparaciones.

Pedro, al verla dudar, sintió cómo una chispa de triunfo se encendía en su pecho. Había algo en esa vacilación, en esa vulnerabilidad momentánea, que lo hacía sentir como si, después de tantos años de silencio, el mundo finalmente estuviera girando a su favor.

—Mire, Isabel... Tita —corrigió, dejando escapar el apodo con una familiaridad que no había sido otorgada del todo—, yo no soy un hombre con mucho que ofrecer. Los años me han dejado... bueno, digamos que soy más un hombre de recuerdos que de futuros. Pero lo que sí puedo ofrecerle es algo que nunca dejé de tener: un lugar para usted, aquí —y, al decir esto, se llevó una mano al pecho, como si sus palabras tuvieran un peso físico.

Ella lo miró, y por un instante sus ojos reflejaron algo que no era ni aceptación ni rechazo, sino una mezcla extraña de sorpresa y resignación. Había algo en esas palabras que la alcanzaba, no porque fueran perfectas, sino porque, en su sinceridad cruda, resonaban con una verdad que ella no quería admitir: que había vivido toda su vida esperando que alguien la mirara de esa forma, aunque fuera de un modo que no terminara de comprender.

El silencio que siguió fue espeso, como el aire antes de una tormenta. Pedro, al notarlo, hizo algo que no había planeado: extendió su mano hacia la de ella, un gesto torpe y lleno de intención. Tita dudó, pero no apartó la mano. En cambio, dejó que su piel tocara la de él, y en ese contacto, ambos sintieron algo que no era consuelo, ni amor, ni siquiera deseo. Era algo más profundo, algo que parecía decir que, en ese instante, estaban más cerca el uno del otro de lo que habían estado de nadie más en años.

Desde la distancia, la escena podía parecer simple, casi insignificante. Dos figuras bajo la luz tenue de las farolas recién encendidas, hablando en un banco de madera como tantas otras personas lo habían hecho antes. Pero para ellos, ese momento era una decisión. Un acuerdo tácito entre dos soledades que, aunque deformes, habían encontrado en el otro un eco de lo que ambos buscaban.

Y así, cuando Pedro se levantó y extendió su brazo hacia Tita, ella lo tomó. No por amor, no por destino, sino por la simple y devastadora necesidad de no estar sola.
El banco de madera parecía más estrecho ahora que ambos estaban tan cerca. La distancia que los había mantenido separados durante años, primero como un océano de tiempo y luego como un abismo de expectativas, se había reducido a unos centímetros. El aire entre ellos estaba cargado de todo lo no dicho.

Él la miraba como si quisiera memorizar cada línea de su rostro, cada sombra que la luz tenue del atardecer dejaba caer sobre su piel. Su pecho, como si el aire que llenaba sus pulmones no bastara para sostener el torrente de emociones que lo invadía, se tensaba con cada exhalación. Su mano seguía sobre la de ella, no como un gesto romántico, sino como una cadena, un ancla que no estaba dispuesto a soltar.

Ella notaba esa mirada, tan intensa que parecía quemarla. Su propia respiración era un vaivén irregular, atrapada entre el impulso de levantarse y huir o quedarse y dejarse arrastrar por algo que no terminaba de comprender. Había una extraña calma en él, una quietud que no encajaba con el nerviosismo de sus manos ni con el temblor sutil que ella percibía en sus dedos. Esa contradicción la inquietaba y, al mismo tiempo, la atraía, como si detrás de su compostura se escondiera algo que debía descubrir.

—Tita... —murmuró Pedro—. ¿Puedo...?
No terminó la frase. Tal vez porque no tenía las palabras, tal vez porque ya no eran necesarias. Su mano, temblorosa pero decidida, se deslizó hasta su rostro, y con la punta de los dedos tocó su mejilla como si estuviera hecha de cristal. Ella no se movió. Su cuerpo estaba rígido, pero no apartó la mirada. Sus ojos claros lo observaban con una mezcla de duda y curiosidad, como si tratara de comprender algo en él que escapaba a toda lógica.

El tiempo pareció detenerse en ese instante. El ruido de los árboles, el murmullo de la brisa entre los ligustros, incluso el eco distante de una risa de niño, todo quedó en silencio. Pedro se inclinó hacia ella con la lentitud de alguien que teme que cualquier movimiento brusco pueda romper el hechizo. Su rostro estaba tan cerca ahora que Tita podía sentir el calor de su aliento, mezclado con un ligero aroma a tabaco, mate y menta vieja.

Y entonces sucedió. Los labios de Pedro tocaron los de Tita en un roce apenas perceptible, como una pluma que cae suavemente sobre la superficie de un charco. Fue un beso contenido, lleno de la torpeza de alguien que ha pasado años imaginándolo y ahora no sabe cómo sostenerlo. Pero, al mismo tiempo, había en él algo que lo hacía profundo, casi desesperado, como si Pedro estuviera tratando de atrapar algo que se le escapaba desde hacía muchos años.

Tita no respondió al principio. Su mente estaba atrapada en un torbellino de emociones y recuerdos que no terminaba de ordenar. Pero luego, como si algo dentro de ella cediera, sus labios se suavizaron, permitiendo que el beso tomara forma, que se volviera algo más que un acto, algo más que una promesa rota.

Desde la distancia, podrían haber parecido dos figuras en un cuadro, congeladas en el tiempo bajo la luz tenue de las farolas y algún rayo perdido en del atardecer resistiéndose a transformarse en anochecer. Pero, para ellos, ese instante lo era todo. Para él, era la culminación de años de anhelo, de pasadas noches imaginando cómo sería tenerla tan cerca. Para ella, era un salto al vacío, un momento que la arrancaba de la rigidez de su vida y la dejaba en un lugar donde, por primera vez, no había respuestas claras.

Cuando sus labios se separaron, Pedro permaneció cerca, con los ojos cerrados, como si temiera abrirlos y descubrir que todo había sido un sueño. Tita, en cambio, lo miró, buscando en su rostro algo que pudiera devolverle el equilibrio. Pero lo único que encontró fue una expresión de necesidad, un vacío que parecía más grande de lo que ella podía llenar.

Ambos respiraban con dificultad, como si ese pequeño acto hubiera consumido toda su energía. Pero no dijeron nada. El silencio entre los dos, lejos de ser incómodo, era un lenguaje propio, una conversación que solo ellos podían entender.

CAPÍTULO 5

LA INTERPELACIÓN DE NESTOR

Las cenizas de aquel cigarro ya dormían sobre la mesa de Don Pedro.

Habían pasado algunos días desde aquel primer beso en la plaza, y aunque el pueblo parecía inmóvil en su rutina de siempre, las aguas bajo la superficie se agitaban con fuerza. En un lugar tan pequeño, donde los pasos se contaban y las miradas pesaban más que las palabras, nada pasaba desapercibido. Los encuentros entre Pedro y Tita, aunque discretos, comenzaban a dejar rastros: el murmullo de una vecina que los había visto bajo la luz tenue de las farolas, el crujir de las cortinas al correrse para espiar desde alguna ventana. En un pueblo como Nueva Plata, las verdades eran menos importantes que las historias que la gente quería contar.

En aquellos tiempos, un hombre y una mujer que se veían con frecuencia, solos y en público, no eran solo motivo de conversación, eran una promesa tácita. En una comunidad regida por códigos no escritos, los encuentros entre dos personas se interpretaban como una declaración de intenciones. Una mujer soltera, como Tita, no tenía espacio para errores. A sus hermanos, Néstor y Horacio, les bastó escuchar los primeros rumores para comenzar a construir un muro invisible a su alrededor, una barrera que, ellos creían, debía protegerla de sí misma y, sobre todo, de los ojos del pueblo, los que no dejaban pasar detalles, los que condenaban sin juicio previo.

Tita, sin embargo, no era la misma desde aquel beso. Había algo en esos encuentros con Pedro que la sacudía de su rutina implacable, algo que no lograba entender pero que la hacía seguir adelante. Cuando él hablaba, lo hacía con una intensidad que le resultaba inquietante, como si cada palabra estuviera cargada de un significado más profundo, más oscuro, que ella no sabía si lo quería descubrir. Y sin embargo, cada día encontraba una excusa para salir de casa o, de la salita, para caminar hasta la plaza y sentarse a su lado.

Pedro, por su parte, había comenzado a mostrar un lado más ansioso, casi desesperado. La dulzura torpe de los primeros días estaba dando paso a un tono más sombrío, a una insistencia que a veces se asomaba en sus gestos. En su mente, ella no era solo la mujer que había encontrado después de tantos años; era una idea, un refugio que había construido durante toda su vida. Cada encuentro reforzaba esa obsesión, alimentaba un hambre que no podía saciar, un deseo que no se limitaba al cuerpo, sino a algo más profundo y oscuro: poseerla de una forma que la hiciera suya para siempre.

Los hermanos de Tita no podían ignorar lo que estaba ocurriendo. Néstor, el mayor, había asumido desde siempre el papel de líder. Su carácter era duro, forjado en el trabajo y en la disciplina que él mismo se imponía. No hablaba más de lo necesario, pero su autoridad se sentía en cada mirada y en cada decisión que tomaba. Para Néstor, la familia era un deber ineludible, una estructura que debía mantenerse intacta sin importar el costo. No buscaba comprensión ni afecto; para él, proteger significaba controlar, y amar implicaba decidir por los demás.

Su visión de la vida estaba marcada por una lógica inflexible. Néstor no creía en los matices ni en las dudas. Si algo debía hacerse, se hacía sin cuestionamientos. Isabel, para él, era más que una hermana menor: era una responsabilidad, una pieza que debía encajar en el orden que él se esforzaba por imponer a su alrededor. No la veía como una mujer con deseos propios, sino como alguien que necesitaba ser dirigida, moldeada. En su mente, todo lo que hacía era por el bien de la familia, aunque ese "bien" se sintiera como una prisión para quienes lo rodeaban.

Horacio, en cambio, era la sombra de Néstor, pero no por debilidad, sino por una elección deliberada. Observador y reflexivo, Horacio nunca se permitía tomar el protagonismo. Donde Néstor hablaba con autoridad, él escuchaba con atención; donde Néstor imponía su voluntad, Horacio se aseguraba de sostener las consecuencias.
Su silencio no era sumisión, sino un espacio donde procesaba lo que los demás ignoraban. Veía las grietas en la fachada familiar, pero prefería no señalarlas porque sabía que hacerlo solo provocaría más tensiones.

A pesar de su aparente calma, Horacio cargaba con un profundo desasosiego. Entendía las dinámicas que Néstor imponía y sabía que Isabel no era feliz bajo ese yugo. Sin embargo, su lealtad hacia su hermano mayor lo mantenía atado.
Era un hombre que valoraba la armonía por encima de la verdad, que prefería callar antes que arriesgarse a desatar un conflicto que no podría controlar.

Isabel, para él, no era solo su hermana menor; era el reflejo de todo lo que la familia intentaba ocultar. Veía en ella la vulnerabilidad que Néstor ignoraba y, aunque no lo decía, sentía un peso de culpa cada vez que miraba su rostro marcado por la resignación. Pero incluso con ese sentimiento, Horacio no podía romper el equilibrio que los mantenía unidos. Había aprendido a vivir con la contradicción de querer proteger y, al mismo tiempo, ser cómplice del control que los oprimía.

Entre Néstor y Horacio existía una dinámica de poder y dependencia. Néstor lideraba con la certeza de quien cree que siempre tiene la razón mientras Horacio sostenía las piezas que su hermano no podía ver caer. Pero ninguno de los dos entendía realmente a Isabel. La veían como una extensión de sus propios deberes y preocupaciones, sin notar que bajo su aparente fragilidad latía un resentimiento acumulado y una desesperación que ellos mismos habían alimentado.

Desde su perspectiva, ambos creían estar haciendo lo correcto. Néstor, al imponer sus reglas, y Horacio, al evitarlas cuando podía, justificaban sus acciones con un amor que no dejaba espacio para la libertad. Pero en el fondo, los dos sabían que el peso de sus decisiones, de su control y de sus silencios, no haría más que arrastrarlos hacia un abismo que ya comenzaba a formarse bajo sus pies.

Una noche, mientras Tita regresaba de la plaza, encontró a Néstor esperándola en el zaguán. Su figura se recortaba contra la penumbra, un bloque inmóvil que parecía una extensión de la casa misma.

—¿Dónde estabas? —preguntó, su voz baja pero cargada de peso.

Tita detuvo sus pasos, sintiendo cómo el aire se espesaba a su alrededor. No era la primera vez que su hermano la interrogaba, pero aquella noche algo en su tono era diferente.

—En la plaza —respondió ella, con un hilo de voz.

Néstor asintió lentamente, como si esa confirmación fuera innecesaria. Dio un paso hacia adelante, quedando lo suficientemente cerca para que Tita sintiera el calor de su presencia.

—Ese hombre... —empezó, con una pausa que parecía cargada de veneno—. ¿Qué quiere de vos?

Tita no respondió de inmediato. Había esperado esta confrontación, pero, aun así, sentirla tan cerca le arrancaba algo de las entrañas.

—Es solo una amistad, Néstor. Nada más.

Néstor soltó una risa breve, amarga.

—Las amistades no se esconden, Tita. Y en este pueblo, una mujer no anda con un hombre como ese sin que la gente hable. ¿Querés eso? ¿Que hablen de vos, de nosotros? ¿Acaso no sabes lo que hablan acá de los que no hacen las cosas como Dios manda?

Ella apretó los labios, sintiendo cómo el peso de las palabras de su hermano caía sobre ella como una losa. No era solo él quien hablaba; era el pueblo entero, la moral inamovible de una época que definía a las mujeres por su comportamiento público y a los hombres por su capacidad de controlarlas.

Pedro, sin embargo, no era un hombre que se dejara intimidar. Luego del interrogatorio y regaño, Tita le contó a él sobre las dudas de su hermano mayor y entonces decidió enfrentar a Néstor directamente esa misma tarde. Acompañó a Tita hasta su casa con una firmeza en la mirada que no dejaba lugar a dudas sobre sus intenciones. Al llegar a la casa, Néstor y Horacio tomaban mate bajo el Sauce que protegía el patio del sol en el verano y de las heladas en invierno. Ambos se pusieron de pie y caminaron hacia la pareja sin dejarlos pasar juntos más allá de la vereda.

El enfrentamiento fue breve, pero tenso. Pedro habló con palabras medidas, presentándose no como un rival, sino como un hombre dispuesto a dar explicaciones. Pero en su tono había una intensidad que incomodaba, una insistencia que rozaba lo perturbador.

—No quiero nada más que lo mejor para Isabel —dijo usando el nombre que él prefería, no el que el pueblo había adoptado—. Y estoy dispuesto a hacer lo que sea necesario para demostrarlo.

Néstor, con los brazos cruzados, lo miró largo rato antes de responder.

—Demuestre, entonces. Pero no se olvide de que ella no está sola. Y yo no voy a permitir que nadie la arrastre al barro.

Pedro sostuvo la mirada de Néstor, intentando no mostrar el temblor que le invadía por dentro. Había enfrentado muchas cosas en su vida, pero el peso de esa advertencia, dicha con voz grave y sin vacilaciones, cayó sobre él como una sentencia. Sin embargo, su obsesión y su necesidad de demostrar que era digno de Tita, lo empujó a dar un paso adelante.

—No busco arrastrarla a nada, señor Néstor. Todo lo contrario —dijo, con un tono que mezclaba firmeza y una leve súplica—. Mi intención es darle lo que merece: una vida respetable, una familia, un futuro.

Néstor cruzó los brazos, estudiándolo detenidamente, como si intentara medir cada palabra y cada gesto de Pedro para encontrar algo que confirmara sus peores temores. Horacio, desde un costado, permanecía en silencio, pero la tensión en su mandíbula era evidente.

—¿Y qué clase de futuro puede ofrecerle alguien como usted? —respondió Néstor, con una dureza que parecía aumentar con cada palabra—. Es un hombre solo, un hombre que aparece después de años y pretende llenar un espacio que ni siquiera le pertenece, que la anda exponiendo al qué dirán.

Pedro respiró hondo, intentando mantener la calma. Sabía que Néstor tenía razón en muchos aspectos, pero no podía permitirse retroceder.

—Tiene razón en que estoy solo, y quizás no soy lo que esperaba para Isabel —dijo, dejando caer el nombre con una familiaridad que hizo que los ojos de Néstor se estrecharan—. Pero estoy dispuesto a cambiar eso. Estoy dispuesto a dar lo que sea necesario para estar a su lado, incluso si eso significa ganarme su confianza día tras día.

El silencio que siguió fue cargado de un peso que parecía

hundir la escena entera. Tita, que hasta ese momento había permanecido callada, sintió que debía intervenir. Su voz era baja, pero clara, cortando el aire como un cuchillo.

—Néstor... por favor —dijo avanzando hasta colocarse entre ambos—. Este no es un capricho. Yo lo quiero. Y no puedo... no quiero seguir dejando que otros decidan por mí. Mamá siempre quiso lo mejor para nosotros, pero creo que ella también me habría dejado elegir.

Néstor gesticuló los labios, visiblemente incómodo con esa declaración. No estaba acostumbrado a que Tita hablara con tanta determinación, y por un momento pareció quedarse sin palabras. Fue Horacio quien rompió el silencio.

—Si esto es lo que ella quiere, tal vez deberíamos escucharla, Néstor. Mamá siempre decía que el respeto también se muestra al dejar que los demás vivan su vida.

Néstor lo miró con incredulidad, pero algo en sus palabras pareció calar hondo. Finalmente, soltó un suspiro largo y pesado, como si con él dejara escapar años de expectativas y juicios no expresados.

—Está bien —dijo, finalmente—. Pero recuerde, Pedro: esto no es un juego. Si se compromete con mi hermana, será para siempre. No hay lugar para errores.

Pedro asintió con fuerza, y antes de que Néstor pudiera decir algo más, se giró hacia Tita. Su mirada estaba cargada de una emoción que no se contenía solo en palabras. Avanzó un paso y, sin dejar que las dudas o el miedo lo detuvieran, habló.

—Isabel, quiero casarme con usted —dijo, sin rodeos,

sin adornos. Su voz era firme, pero en sus ojos había un brillo intenso, casi febril—. Quiero darle mi apellido y pasar el resto de mi vida junto a usted.

Tita lo miró fijamente, sus labios quedaron entreabiertos mientras procesaba lo que acababa de escuchar. Había imaginado muchas cosas en los últimos días, pero no había previsto que este momento llegara tan pronto, y menos en presencia de sus hermanos, hasta el aire parecía esperar su respuesta.

Finalmente, dejó escapar un leve suspiro y asintió.

—Sí, Pedro... acepto.

El alivio en el rostro de Pedro fue evidente. Por un momento pareció a punto de caer de rodillas, pero en lugar de eso, se acercó a ella y tomó sus manos entre las suyas, apretándolas con cuidado, como si temiera romper algo frágil.

Néstor observó la escena en silencio, con los brazos cruzados y la mirada fija en Pedro. No estaba convencido, no del todo, pero en ese momento decidió ceder, aunque fuera por el bien de su hermana.

—Si esto es lo que ambos quieren, entonces que así sea —dijo, con voz grave pero resignada—. Pero recuerden: en este pueblo, los ojos de todos están puestos en ustedes. No se equivoquen.

La pareja asintió al unísono, y mientras el aire volvía a circular, la vida de ambos quedó sellada bajo las miradas vigilantes de los hermanos.

El día del casamiento llegó con la sencillez de los viernes

en un pueblo donde el tiempo parecía transcurrir más lento. Era diciembre, el sol brillaba con fuerza sobre los techos de chapa y las veredas polvorientas, mientras las sombras de los árboles en las veredas ofrecían el único alivio al calor. Para Pedro Marchetti e Isabel Pizzano, el día había sido esperado en silencio, sin estridencias, como la mayoría de las cosas que marcaban las vidas de quienes habitaban Nueva Plata.

La delegación municipal del pueblo, una edificación austera, con paredes encaladas y muebles desgastados, albergaba esa mañana al juez itinerante que había llegado desde Pehuajó. Allí, Pedro e Isabel eran la única pareja en lista para casarse. Era un día más en la rutina del magistrado, pero para ellos, cada palabra y cada firma llevaba el peso de años de historias, de caminos que se habían cruzado y desviado para, finalmente, encontrarse.

—Pedro Marchetti, ¿acepta como esposa a Isabel Pizzano? —preguntó el letrado con su tono grave y ceremonial. Pedro alzó la mirada hacia Isabel, como si quisiera confirmar que todo aquello era real. Su voz, cargada de emoción contenida, resonó en la sala.

—Sí, acepto.

Cuando el juez pronunció el nombre completo de Isabel, ella sintió un leve estremecimiento. Era la primera vez que escuchaba sus dos apellidos desde que había decidido compartir su vida con él. Al responder, su voz fue firme, pero su corazón palpitaba como si quisiera salir de su pecho.

—Sí, acepto.

El trámite fue breve, apenas tomó quince minutos. Firmaron los documentos que los unían legalmente y el juez les extendió una sonrisa profesional, deseándoles una vida feliz. Salieron del juzgado bajo el sol del mediodía, y aunque no hubo fiesta ni ceremonia religiosa, Pedro sintió que el peso de todos los años vividos hasta ese momento se disipaba con el cruce del umbral.

Esa misma tarde, Pedro se mudó a la casa que Tita compartía con sus hermanos, Néstor y Horacio. La casa, modesta pero sólida, tenía una habitación al final del pasillo separada de los espacios comunes, que había sido el refugio de Tita desde la muerte de su madre. Allí se instalaron, ante la atención de Néstor y el silencio calculador de Horacio.

CAPÍTULO 6

EL COMIENZO JUNTOS

Pedro había llegado con poco más que unos trapos envueltos en bolsas desgastadas y un bolsillo que cargaba más dinero del que cualquiera en Nueva Plata habría imaginado. Los ahorros de años enteros, ganados en las tierras de Don Osorio, donde se había hecho un nombre cuidando caballos, eran su única certeza. Ese dinero, reservado inicialmente para construir un futuro con Isabel, ahora parecía ser el único cimiento sobre el que podía apoyarse.

A pesar de lo precario de su situación, Pedro no se permitió desesperar. Sabía que vivir bajo el techo de los hermanos de Tita no era más que una estación en su camino, un refugio temporal que debía tolerar mientras aguardaba el momento adecuado para construir algo propio.
En su mente, cada moneda representaba una promesa cumplida, un paso más hacia el control que sentía que ya había perdido. No era un hombre acostumbrado a depender de otros, y la convivencia con Néstor y Horacio era, en muchos sentidos, un recordatorio incómodo de que todavía no estaba donde quería estar.

Pedro había llegado con poco, pero su determinación era mucho más pesada que su equipaje. Su llegada a Nueva Plata no era el final de un camino, sino el comienzo de uno nuevo, uno que estaba dispuesto a transitar, sin importar el costo.
Néstor lo miraba como quien vigila un incendio antes de que prenda del todo. Desde la cabecera, su postura rígida no era casual; era un mensaje sin palabras, una línea trazada que Pedro no debía cruzar. Su silencio no era vacío, sino un juicio

contenido, como si cualquier movimiento de Pedro pudiera inclinar la balanza hacia la condena.

Horacio, más discreto, pero igual de implacable, estaba en todas partes sin parecer estar en ninguna. Su presencia era una constante silenciosa, un recordatorio de que Pedro seguía siendo un extraño bajo aquel techo. No necesitaban palabras para marcar su territorio; el aire en esa casa ya estaba cargado de todo lo que no se decía.

Las primeras noches de la pareja transcurrieron con la normalidad que el matrimonio imponía. En la intimidad de la habitación, lejos de las miradas de los hermanos, consumaron su unión como un acto que ambos sabían inevitable, el punto culminante de un camino que ellos mismos habían trazado con una mezcla de resignación y determinación. No había romanticismo ni pasión desbordada; lo que ocurrió entre esas paredes fue más cercano al cumplimiento de un pacto que a la explosión de un sentimiento profundo.

Pedro se entregó como siempre había hecho en su vida: con la firmeza de quien trabaja la tierra o doma un caballo, sin detenerse a cuestionar si era el momento correcto, simplemente porque debía hacerse.

Isabel, a su lado, lo aceptó como se aceptan las cosas inevitables, no con devoción, pero sí con la certeza de que aquello era lo que se esperaba de ellos. En ese acto no había espacio para preguntas, porque ambos entendían que ya habían respondido demasiado antes de llegar a esa cama.

Después, el silencio se alargaba como una bruma pesada. Pedro, con los ojos fijos en el techo, repasaba cada decisión que lo había llevado a esa casa, a ese pueblo, a ese matrimonio. Isabel, en cambio, se acomodaba bajo las mantas con movimientos calculados, cerrando los ojos mientras su mente seguía despierta. Era un momento compartido, pero profundamente solitario, donde las certezas parecían tan frágiles como la quietud de la noche.

Una de esas mañanas, Pedro despertó antes del amanecer. Salió de la casa con el sombrero echado hacia atrás y las botas lustradas dispuesto a dar el siguiente paso en su plan. Preguntó por terrenos en las afueras del pueblo, cerca de los campos donde alguna vez había trabajado. Con los ahorros que tenía, quería comprar un lote y construir una casa propia, un lugar que pudiera llamar suyo junto a Tita.

Esa tarde, mientras compartían un mate en la mesa de la cocina, Pedro habló con su esposa sobre sus planes.
—Isabel —dijo, usando su nombre completo con una familiaridad que a ella le sorprendió—. Estuve pensando en nosotros, en lo que sigue. No quiero que pasemos el resto de nuestras vidas acá, en esta casa. Necesitamos nuestro lugar.
Ella lo miró fijamente, dejando la bombilla en el mate. Había algo en su tono que mezclaba ternura y una determinación casi imperiosa.
—¿Qué estás pensando, Pedro? —preguntó con cautela.
—Hay terrenos disponibles cerca del camino viejo,

a unas leguas, saliendo para el lago de Magdala. Si no hay contratiempos, con lo que tengo ahorrado puedo comprarlo y empezar a construir. Quiero que tengamos una casa nuestra. Quiero que tengamos una vida lejos de toda esta gente que ni me saluda cuando pasa.

Conmovida y sorprendida al mismo tiempo, ella bajó la mirada. La idea de tener un espacio propio era tentadora, pero también la llenaba de incertidumbre, básicamente recién conocía a su esposo y sus hermanos eran su lugar seguro, sin embargo, al ver la convicción en los ojos de Pedro, no pudo evitar asentir.

—Está bien, Pedro. Si crees que es lo mejor, te apoyo.

Pedro esbozó una leve sonrisa, y mientras el sol caía tras las casas del pueblo, su mente ya estaba ocupada planeando los próximos pasos.

Pasaron dos mañanas y finalmente, Pedrito concretó la compra del terreno sobre el camino viejo. No fue una negociación difícil: el dueño, un viejo capataz retirado, lo dejó a buen precio con tal de deshacerse de esa parcela seca y olvidada que a nadie le interesaba. Para Pedro, en cambio, no era solo tierra, era el futuro, un rincón en donde levantar su casa, su nombre, su propia historia. Desde entonces, la mayor parte de su tiempo se la pasaba allí, construyendo solo, bajo el sol abrasador del mediodía o en la sombra alargada de los atardeceres bonaerenses, con una dedicación que rayaba en la obsesión.

Mientras él golpeaba clavos y levantaba paredes de adobe con la promesa de un hogar, Tita comenzaba a dudar de sí misma. Tenía apenas cinco meses de casada cuando aquella idea, como una espina diminuta, se clavó en su mente: ¿Por qué no quedaba embarazada? Las otras mujeres del pueblo, las mismas que compartían misa los domingos, cruzaban la plaza con canastos de provisiones, o las atendía en la salita, habían concebido al poco tiempo de casarse, de inmediato. Algunas lo mencionaban con naturalidad, otras con orgullo y una sonrisa cargada de suficiencia. "Dios sabe cuándo", solían decir, pero en el tono de sus voces había siempre una sentencia implícita: "¿y si nunca sucede?".

Ella escuchaba esas palabras resonar como ecos en las paredes de la casa que compartía con los hermanos. Cinco meses no parecían mucho, pero el tiempo en un pueblo pequeño tenía otra medida, una precisión cruel que pesaba sobre los hombros de las mujeres. Cada semana sin novedades se transformaba en un rumor sin palabras. Nadie decía nada, pero todos miraban. Ella lo sentía: en las visitas al almacén, en las miradas largas de las vecinas, en el silencio incómodo de los hermanos, especialmente en Néstor cuando la conversación giraba en torno a hijos, ya que él nunca formó una familia; su vida se definió por el sacrificio de cuidar a sus hermanos, un deber que aceptó sin cuestionar.
Horacio, siempre a su lado, tampoco buscó una familia propia; su lugar estuvo junto a Néstor, compartiendo un destino que parecía decidido desde siempre. Ambos se quedaron solteros, unidos por un lazo que los ató al deber, pero los dejó huérfanos de todo lo demás.

Pero quizás lo que más le dolía a Tita era la ausencia de respuestas en su propio cuerpo. No había señales, no había síntomas, solo el ciclo que llegaba puntual cada mes como un verdugo. Al principio, cuando sucedió la primera vez tras la boda, había sentido alivio; el sexo con Pedro le resultaba extraño, apresurado, distante, como si se tratara de una obligación que ninguno de los dos sabía del todo cómo cumplir. Pedro no era un hombre violento ni tosco; por el contrario, su silencio y torpeza le hacían parecer casi ingenuo en las noches que compartían la cama. Pero había algo en esa cercanía que le resultaba ajeno, casi impersonal, como si fueran dos desconocidos que debían actuar, seguir un papel que no comprendían del todo.

Aun así, ella callaba. Porque hablar del sexo en voz alta era un pecado mayor que cualquier duda. Y porque, en el fondo, se convencía de que ese era el curso natural de las cosas: un acto rápido, sin palabras, seguido por la espera, que era lo que hacían todas las mujeres, pero, mientras las demás mujeres confiaban en que algo ocurriría, Tita empezaba a sentir que en su interior había una tierra seca donde nada iba a crecer.

Pasaban los días, Pedro seguía construyendo. Volvía tarde, con las manos cubiertas de polvo y el rostro curtido por el sol, y comía en silencio. A veces, con una sonrisa fugaz, le decía:
—Ya vas a ver, Tita. Para fin de año tendremos nuestra casa.
Y ella asentía con la sonrisa que había aprendido a llevar como un escudo, aunque por dentro sentía que esa casa se levantaba

sobre un vacío que no podía llenar.

Por las tardes, cuando su marido aún no volvía, Isabel salía a la vereda de la casa y miraba hacia el camino viejo. Desde allí podía ver en el horizonte; aunque la mirada no llegaba hasta allá, el terreno donde su esposo trabajaba con devoción. Era irónico, pensaba: El hombre construía una casa con sus propias manos, levantaba paredes y acomodaba cada piedra con precisión, pero en ningún momento se había detenido a preguntarle si ella quería ese hogar, si sentía la misma urgencia que él por dejar la casa de sus hermanos, por empezar algo que aún no podía imaginar.

Cinco meses de casada, y Tita ya había aprendido a callar, sus dudas, sus miedos, su incomodidad en las noches. Callar la voz de su madre, que volvía como un susurro en los momentos de mayor silencio: "Una mujer sin hijos no tiene destino".
En un tiempo donde la fertilidad dictaba el valor de una mujer, Isabel empezó a sentirse quebrada, insuficiente. Mientras su esposo levantaba su mundo con ladrillos y barro, ella erigía, en silencio, una prisión invisible hecha de dudas, miradas y meses que pasaban sin respuestas.

Aquel terreno sobre el camino viejo no era más que tierra seca y dura, pero en la mente de Pedrito ya era una casa. Una casa blanca, con un techo de chapas bien acomodadas, una galería con columnas de madera, y ventanas grandes por donde entraría el sol. La veía completa, erguida y silenciosa, como si la hubiera soñado toda su vida. Pero la realidad era otra.

La pala apenas se deslizaba entre las piedras, las paredes se torcían, y sus manos callosas y reventadas de tanto martillar, no lograban darle forma a lo que imaginaba.

Al principio, la frustración se manifestaba en suspiros largos y miradas perdidas hacia el horizonte, pero después, cuando nadie lo veía, aquella sensación se volvía violenta, como un animal que despierta tras años de estar encadenado. La primera vez que estalló, fue por un clavo que se dobló en la madera. Levantó el martillo y lo arrojó con tanta fuerza contra el suelo que rebotó y salió disparado hasta perderse entre los pastos. Respiró hondo, apretando la mandíbula, y cuando el sudor se escurrió de su frente, sonrió para sí mismo, como quien acaba de ganar una pelea contra su propio cuerpo.

Pero no era la primera vez. Ni sería la última.
Con cada día que pasaba, el terreno se transformaba en un escenario de su derrota constante, y él, solo, sin testigos, se permitía liberar lo que no mostraba en la casa que compartía con su esposa y sus cuñados. Cada clavo mal colocado era un insulto que mascullaba entre dientes. Cada pared que no alineaba como quería era un grito ahogado que nadie escuchaba. "¡Maldita sea!", se le escapaba entre la furia de los brazos y el golpeteo constante del martillo, como si al levantarlo estuviera castigando a algo más que la madera.

Cuando la rabia lo desbordaba, Pedro se detenía, sudado, exhausto, respirando con dificultad. Miraba lo que había construido hasta el momento: paredes torcidas, cimientos disparejos, tablas que no encajaban como en su cabeza. Entonces fingía calma, volvía a acomodarse el cabello con las manos, y se sentaba un rato bajo la sombra del álamo seco en la entrada del terreno. Allí sacaba el cigarro que se armaba con precisión religiosa, lo encendía y miraba el vacío, dejando escapar el humo con una tranquilidad falsa, una fachada que apenas contenía lo que bullía por dentro.

"Ya va a salir, ya va a salir," se repetía como un mantra. Pero el problema no era la casa. Lo sabía, aunque no lo aceptaba. Lo que Pedro construía con sus manos era algo más: un control sobre su mundo, una manera de aferrarse a algo tangible cuando todo lo demás parecía tambalear. Su mujer no daba hijos, y eso era un ruido sordo que empezaba a crecer en su mente, aunque él tampoco lo decía en voz alta.

Mientras tanto, Isabel se hundía en silencio. En la casa de sus hermanos, el tiempo parecía haberse detenido. Pasaba las tardes mirando la luz que entraba por la ventana, y con cada rayo de sol, su mente volaba hacia las páginas de los libros de la señora Ortiz de los Arcos. Esos libros que hablaban de cuerpos y de fertilidad, de vientres sanos y de cuerpos estériles. ¿Y si no era ella? ¿Y si el problema era su esposo? El pensamiento le parecía tan prohibido que apenas lo permitía en su mente antes de espantarlo como a un pájaro molesto.

La duda regresaba en las noches, cuando Pedro llegaba de la obra y se acostaba a su lado con un cuerpo roto y una mirada que parecía mirar a través de ella mientras la montaba. El sexo era cada vez más frecuente, cada vez más violento como esperando romper una piñata. A veces, Tita cerraba los ojos y sentía que él no estaba allí, que no era su esposo, sino un extraño cumpliendo un acto sin amor ni deseo. Y después, cuando todo terminaba, Pedro se giraba hacia su lado de la cama y dormía profundo, como si nada hubiera pasado, como si su cuerpo no esperara nada más de la vida que descansar, pero le costaba mucho dormir. A veces se quedaba pensando en sus vecinas, en los comentarios, en los murmullos que empezaban a aparecer en la plaza o a la salida de la misa. "Debe ser ella", imaginaba que decían. "Pobre hombre el marido", agregaban, como si él también fuera una víctima. Por su parte, Pedro construía. Golpeaba, martillaba, rompía y volvía a empezar. Y con cada pared que no quedaba perfecta, algo en él se rompía también. La frustración se acumulaba como un río contenido por una frágil represa.

El Boliche Quemado

CAPÍTULO 7

LA CASA

Nueve meses después del casamiento, Pedro decidió mostrarle a Isabel lo que había construido.

Horacio, como de costumbre, le prestó el sulky sin demasiadas preguntas, ya que no lo utilizaba cuando iba a trabajar al tambo. Era una de las pocas veces en que Pedro regresaba temprano al medio día. Se presentó en la casa con la ropa empolvada, el sombrero torcido por el sol y esa expresión entre ansiosa y solemne que Isabel no recordaba haberle visto alguna vez.

—Ponete algo Tita, vamos a dar una vuelta —dijo.

Ella obedeció sin preguntar. Subió al sulky junto a Pedro y se acomodó el vestido mirando las riendas tensas en las manos de su esposo.

El silencio los acompañó durante el trayecto por el camino viejo, una huella seca y polvorienta donde el viento parecía haberse quedado atrapado. El caballo conocía el recorrido sin necesidad de guía. Isabel miraba el horizonte, la línea entre cielo y tierra que siempre parecía igual, como si el tiempo en Nueva Plata se midiera en amaneceres repetidos y atardeceres sin promesa.

Cuando llegaron, Pedro saltó del sulky con una agilidad que contrastaba con su habitual cansancio. Extendió una mano callosa hacia Isabel y, sin decir nada, la guió hasta la entrada del terreno. Allí estaba.

Un gran rectángulo se alzaba en el medio de la nada, una casa nacida del polvo y la terquedad de un hombre que no conocía otra forma de existir. Las paredes eran de adobe crudo, rugosas, y en la entrada se dibujaba la silueta de lo que algún día sería una puerta. A unos metros, la letrina: apenas un cubículo improvisado con tablas viejas, sin puerta, sin vergüenza. El suelo de tierra compacta, tan firme y sin vida como un campo sembrado con nada.

—Es nuestra casa —dijo Pedro finalmente con su voz cargada de orgullo.

Isabel se quedó inmóvil, sin saber cómo responder. Pedro seguía hablando y señalando con el brazo extendido:

—Acá va la cocina, allá la pieza. El pozo lo empiezo la semana que viene, no te preocupes. El agua no va a faltar.

En Nueva Plata, el agua era más valiosa que el oro. No había red de suministro; cada casa dependía de un pozo cavado a mano o con máquinas alquiladas a un costo que nadie mencionaba sin soltar un suspiro. Un pozo profundo, con una bomba manual que sacaba el agua gota a gota, era un lujo que no todos podían permitirse.

Se acercó un poco más y apoyó una mano sobre la pared áspera. Cerró los ojos un instante y dejó que sus dedos le contaran lo que Pedro no le decía. Aquello no era una casa. Era un acto de voluntad, un intento desesperado por construir algo donde no había nada. Un hombre puede plantar paredes como quien planta semillas, pero si la tierra está seca, nada crece.

Pedro la observaba en silencio, con el pecho hinchado, esperando quizás un gesto de aprobación, una palabra que confirmara que todo había valido la pena. Isabel apenas le sonrió. La sonrisa se quebró rápido, como el vuelo de un pájaro asustado.

—¿Te gusta? —insistió él, con un tono que no admitía

respuestas que pudieran desmoronar el momento.

—Está muy linda —dijo Isabel con voz suave.

El viento levantó un remolino de polvo que se perdió en la letrina sin puerta. Pedro no lo vio, se alejó unos pasos, mirando las paredes con la satisfacción de quien ha construido una fortaleza, ignorando las fisuras invisibles que ya comenzaban a crecer entre ellos. Isabel se quedó quieta, sintiendo la enormidad del vacío que la rodeaba. Nueve meses, pensó, mientras se llevaba una mano al vientre como por instinto. El mismo tiempo en el que se gesta un hijo. Pero allí solo había un espacio sin forma, sin vida, como una cáscara vacía.

En silencio, volvieron al sulky. Pedro silbó despacio mientras ajustaba las riendas, como si el orgullo le brotara por los poros. Isabel miraba las manos de su esposo, las mismas que levantaron aquella casa con tanta fuerza, y sintió que él nunca podría entender lo que ella sentía. Porque en el mundo de Pedro, construir era suficiente. En el suyo, habitar era un acto mucho más complejo.

Mientras el sulky retomaba el camino viejo, Isabel dejó que el polvo le llenara los pensamientos. En ese instante, comprendió que había cosas que no podían edificarse con esfuerzo ni con ladrillos, cosas que no respondían a martillazos ni a paredes de adobe.
Su marido seguía construyendo en su mente, ella, en cambio, empezaba a aceptar que no todo lo que se siembra crece.

CAPÍTULO 8

VOLVERTE A VER ELISA

Elisa llegó a Nueva Plata aquella mañana de octubre como si fuese un fantasma que nunca había dejado de deambular por sus calles. El sol, ya alto y aplastante, caía como una lanza sobre el sulky desvencijado que su hermana María guiaba con urgencia. El caballo jadeaba con el sudor brillando en su lomo. Elisa sostenía al niño contra el pecho, con una fuerza que parecía desproporcionada para sus brazos delgados. Era un niño pequeño, demasiado liviano para sus cinco años, como si el tiempo mismo le hubiera negado crecer. La fiebre lo consumía, lo sacudía en espasmos como un muñeco roto, y con cada jadeo, Elisa sentía cómo la vida se le escapaba entre los dedos.

—Vamos a parar acá. No llegamos, Elisa. —La voz de María fue un cuchillo en el aire.

Elisa miró hacia adelante, los ojos fijos en el horizonte, como si pudiera sostener la distancia con la pura fuerza de su mirada.

Pehuajó estaba lejos, demasiado lejos, y Nueva Plata apareció como un refugio improvisado. Un pueblo de calles polvorientas y casas bajas que, para ella, no significaba salvación, sino un retorno amargo al lugar donde su vida había dejado de ser suya. No respondió. Apretó al niño más fuerte y asintió con un gesto casi imperceptible.

Al llegar, el sulky se detuvo bruscamente frente a la sala de primeros auxilios, un edificio pequeño con paredes blancas despintadas por los años. Elisa no esperó. Saltó del carro y se echó a andar con paso firme, pero mecánico, como si cada movimiento fuera producto de una voluntad ajena. El niño seguía pegado a su pecho, el calor de su cuerpo era un recordatorio cruel de la fiebre que lo devoraba.

La puerta de la salita rechinó al abrirse. Adentro, Isabel acomodaba frascos en un estante. El aroma del alcohol llenaba el aire, estéril, preciso, igual que el ambiente que Isabel buscaba mantener. Cuando levantó la vista y vio a Elisa, su respiración se detuvo por un instante. Era ella, pero no era ella. Había dejado ya de ser la niña de nueve años, su amiga que subió sin despedirse al carro de su padre junto a sus numerosos hermanos en búsqueda de otras suertes, otros trabajos. Atrás quedaron sus nombres, plasmados temblorosos en los pizarrones de la escuela.

Elisa se detuvo en el umbral. El polvo del camino se pegaba a su falda gastada, el cabello suelto y húmedo se le adhería al cuello, y sus pies, apenas cubiertos por zapatos viejos, parecían seguir hundidos en la miseria de toda una vida. Su rostro no era el de una madre desesperada, era el de una mujer derrotada, envejecida antes de tiempo, un rostro que nunca supo sonreír con libertad.
Isabel avanzó despacio.

—Ponelo acá, Elisa.

No hubo palabras. Elisa obedeció, como si las instrucciones fueran un alivio, como si el acto de acostar al niño en la camilla fuera también un intento de depositar su propia carga. El cuerpo del pequeño quedó extendido, inmóvil salvo por el movimiento apenas perceptible del pecho que aún subía y bajaba con dificultad.

Mientras Isabel lo revisaba, Elisa se quedó de pie, encorvada, abrazándose a sí misma. La luz que entraba por la ventana dibujaba sombras largas en el suelo, y su mirada, fija en el niño, parecía buscar algo en él, como si pudiera encontrar un resquicio de esperanza en aquella piel pálida y sudorosa.

Elisa recordaba. Recordaba todo.

A los doce años, había dado a luz a su primer hijo en un cuarto oscuro, sobre una cama con sábanas sucias. Su padre había aceptado la oferta de Friedrich, un chacarero viejo, muy alto y corpulento que necesitaba a una mujer joven para limpiar su casa y calentar su cama. Elisa no entendía lo que sucedía en aquel entonces, solo que lo que ese hombre hacía con su cuerpo era algo inevitable, algo que no debía rechazar si quería sobrevivir. Con el tiempo, dejó de resistirse, aprendiendo que, para las mujeres como ella, el amor era un lujo al que nunca podrían aspirar.

Los hijos vinieron como una cadena interminable de cuerpos pequeños y débiles, uno tras otro, nacidos entre pujidos de dolor y silencios que nunca encontraron consuelo. Elisa los cuidaba con el mismo instinto con el que respiraba. Friedrich murió cuando ella tenía apenas veinte años, desmoronado en el corral de los cerdos entre barro y excremento, tragando su propia muerte sin dignidad ni consuelo. No hubo funeral, apenas un entierro apresurado y una hipoteca que la dejó atrapada con siete hijos hambrientos y una chacra a punto de rematarse.

Entonces llegó César, casi de inmediato, un hombre de manos callosas y espalda encorvada que recolectaba basura en el municipio.

Le propuso un trato: él pagaría la deuda y ella lo acompañaría. César no fue cruel, pero tampoco amable. No golpeaba, pero tampoco sonreía. Era un hombre seco, un terreno estéril donde no había espacio para ternura, solo obligación y rutina. Elisa aceptó porque no había opción, porque el mundo nunca le había ofrecido otra cosa. Con él tuvo dos hijos más, también, uno tras otro. Dos bocas más que alimentar.

—¿Cuántos días lleva así? —preguntó Isabel con voz baja, rompiendo el silencio.

Elisa no respondió de inmediato. Miró a su hijo, el menor de los varones, de su primer marido, y sintió una punzada que ya no era solo tristeza, sino una culpa tan grande que le pesaba en el pecho.

—Diez días. Primero fiebre. Después no quiso comer. Después empezó con esto…

Señaló con la mano temblorosa el cuerpo convulsionado del niño. La enfermera tomó un paño y lo humedeció en agua fresca.

Al pasarlo por la frente del pequeño, sintió cómo el calor ardiente parecía desafiar cualquier intento de alivio. "La fiebre hemorrágica", pensó, resistiéndose a decirlo en voz alta. Las historias sobre el "mal de los rastrojos" ya se conocían en la región. Enfermedad de pobres, de campos.

Esa madre no lloraba. No supo cómo hacerlo cuando Friedrich

la tomó por primera vez. No lloró en cada parto, ni cuando enterraron a su marido. Las lágrimas eran para quienes aún podían permitirse la esperanza.

El niño soltó un suspiro débil y entonces se quedó quieto. Isabel se inclinó sobre él y le buscó el pulso con cuidado. Nada.

El silencio que siguió fue el peor que Elisa había escuchado en toda su vida. No hubo gritos ni escenas, se acercó a la camilla, tomó a su hijo entre sus brazos y lo acomodó contra su pecho. Su mirada era dura, fría y vacía.
María, que esperaba en la puerta, la siguió con los ojos mientras ella comenzaba a caminar hacia afuera. No hubo despedidas. No hubo palabras. La puerta se cerró y el sol del mediodía iluminó a Elisa mientras subía al sulky.

Isabel se quedó quieta, con las manos apoyadas en la camilla vacía. Nunca se había sentido tan pequeña. Se llevó una mano al vientre y, por primera vez, pensó que el silencio también podía doler.

El aire de la salita estaba viciado, pesado, cargado de un vacío que parecía envolverlo todo. A través de la ventana abierta, el sol avanzaba con indiferencia, ajeno a lo ocurrido dentro. Afuera, la vida continuaba: los carros levantaban polvo, el eco de los cascos resonaba en las calles de tierra, y los gritos lejanos de los chicos jugando en la plaza se mezclaban con el canto monótono de los grillos. Pero para Isabel, el tiempo se había detenido.

Apretó la tela del delantal entre sus dedos y miró el espacio donde, hacía apenas instantes, aquella madre había estado sentada con su hijo en brazos. Cerró los ojos y vio las manos de su amiga: callosas, huesudas, manos que habían amamantado, cocinado, lavado y dado vida una y otra vez. Pensó en los rostros de los hijos de Elisa, en su silencio perpetuo, en cómo esos niños cargaban desde el nacimiento la misma resignación que su madre. Y pensó en Elisa misma, de veintitrés años, apenas un año mayor que ella, y sin embargo una anciana antes de tiempo.

"Nueve hijos." Isabel repitió la frase en su mente como si intentara comprender su peso. No podía. Le resultaba inconcebible la idea de un cuerpo tan pequeño, tan frágil como el de su amiga, trayendo al mundo tanta vida solo para ver cómo se le escapaba una porción, desgarrándole la existencia como pedazos de tela vieja. Porque eso eran las mujeres en aquellos tiempos: vasijas, recipientes donde el deber caía pesado, inquebrantable, hasta que no quedaba nada de ellas.

Se sentó en la silla junto a la camilla vacía y dejó caer los hombros. La cosificación de la mujer era algo tan arraigado en el tiempo en que vivían que nadie lo cuestionaba. A las mujeres no se les preguntaba qué deseaban, si amaban o si sufrían; simplemente eran entregadas, convertidas en esposas y en madres, como si su existencia se redujera a servir a otros. Isabel pensó en su propia vida, en sus propias manos aún suaves, comparándolas con las de Elisa, manos que ya no conocían el descanso. ¿Eran estas las mismas manos que habían escrito juntas alguna vez, el nombre de sus madres en los pizarrones de la escuela? Se compenetró en la historia de esa mujer, en como el viejo chacarero la tomó como esposa cuando apenas era una niña. Una niña que no sabía de amor, que ni siquiera entendía lo que significaba estar casada, pero que pronto aprendió el dolor de lo inevitable: un cuerpo que no le pertenecía, noches sin ternura, partos que la dejaban tan rota como los muebles de la casa que ella misma debía arreglar. Lo más cruel era que ni siquiera el pueblo consideraba su historia como una tragedia; para ellos, era normal. Era el destino de cualquier hija de un peón, de cualquier hermana menor en una familia con demasiadas bocas que pedían comida.

Y por si fuera poco, cuando su primer marido murió, la tragedia de Elisa fue apenas un instante de alivio seguido de un abismo aún más profundo, como el de volver a repetir su propia historia entregando su vida a un hombre de espalda ancha, con olor a basura y sudor seco que oficiaba de basurero cargando no solo desperdicios y basura, sino también la dignidad de las mujeres como Elisa.

César no era cruel, pero no necesitaba serlo. Él cumplía con su parte: pagaba las deudas, proveía techo y comida. A cambio, Elisa debía entregarle lo que le quedaba de su cuerpo y su tiempo. No había amor, no había cortesía, ni palabras que devolvieran algo parecido a la ternura. Ese hombre existía en silencio, y el silencio también era una forma de violencia en ese contexto.

Isabel se llevó una mano al vientre y sintió un escalofrío que le subió por la columna. Pensó en ella misma, en su propio rol como mujer. La gente en el pueblo ya murmuraba, aunque con cuidado: "Que mala suerte la de Pedro, todavía no le ha dado un hijo la Tita". La culpa siempre era de la mujer, porque el cuerpo de la mujer era visto como una máquina de producción, un territorio donde las semillas debían crecer por mandato divino y social. Si no lo hacían, la culpa era de ellas: estériles, inútiles, fallidas.

Pensaba en su marido, en Pedro, y se estremeció al recordar la obsesión que había visto en su mirada cuando le mostró la casa que construía con sus manos. La casa, el símbolo de su virilidad, de su capacidad de proveer. Pero ¿qué sería de Pedro si supiera que los hijos no llegaban? ¿Qué sería de él si alguna vez alguien insinuara que no era ella, sino él, el que no podía? No, eso no podía decirse. El machismo era una ley tan inquebrantable como el cielo que los cubría. Un hijo era el único legado que a las mujeres les permitían dejar en el mundo.

Isabel se levantó y caminó hacia la ventana. Miró el horizonte, el polvo que se levantaba en el camino por donde las hermanas se habían marchado con el cuerpo inerte de un niño de cinco años, lloró comprendiendo cómo la vida seguía golpeando a una mujer que no había tenido más opción que existir, sobrevivir y parir, como un animal de carga, sintió indignación, rabia y una mezcla de emociones que no lograba nombrar. Porque esa mujer no era solo una mujer más, era todas las que nunca pudieron decir no, todas las madres que murieron en partos innecesarios y todas las esposas que nunca conocieron el amor. ¿Y ella? ¿Qué era? Se preguntaba. ¿Era mejor que su amiga solo porque aún tenía un cuerpo intacto? ¿Porque su marido no la obligaba a cargar hijos, uno tras otro? ¿O era peor, porque había permitido que su silencio también la definiera?

El silencio de la sala la envolvió una vez más. La camilla vacía, fría, como una lápida muda, le recordó que el destino de una mujer no se escribía con sus propios deseos, sino con los que el mundo había decidido para ellas.
Apretó los puños y bajó la cabeza. Por primera vez, quiso gritar.

CAPÍTULO 9

EL MOMENTO

El Boliche Quemado

El verano había llegado con su látigo de fuego, castigando la tierra y dejando las calles de Nueva Plata en silencio apenas interrumpidas por el zumbido constante de las cigarras y el rechinar de algún carro que se atrevía a cruzar bajo el sol aplastante. Todo parecía inmóvil, detenido en esa calma pegajosa que precede a una tormenta, aunque el cielo estuviera limpio, sin nubes que prometieran alivio.

En la casa de los hermanos Pizzano, Isabel salió al patio con un balde de agua fresca y lo volcó sobre la tierra seca. El polvo se levantó apenas antes de ceder al peso del líquido, oscureciéndose como si la vida misma intentara abrirse paso bajo esa costra endurecida. Se quedó mirándolo un instante, con las manos apoyadas en las caderas y el rostro enrojecido por el calor. Respiró hondo y sintió, otra vez, esa pesadez extraña en el cuerpo, un tirón sutil que le nacía en las entrañas y se extendía hacia la cintura, hacia los pies. Era como si su propio cuerpo le estuviera hablando en un lenguaje antiguo, uno que ella no se había atrevido a escuchar hasta ese día.

Se llevó una mano al vientre, despacio, con el cuidado de quien teme descubrir algo demasiado grande para ser comprendido. Sintió una tibieza apenas perceptible bajo su palma, como si su cuerpo contuviera un secreto antiguo, silencioso, aún sin nombre. Un escalofrío le recorrió la espalda, y entonces lo supo. Estaba en cinta.

La confirmación no llegó con palabras, ni con certezas médicas. Fue algo visceral, algo que no necesitaba prueba más que el conocimiento silencioso de una mujer que ha sido criada para entender su cuerpo con instinto de animal salvaje. Isabel lo sintió en la pesadez de sus párpados al amanecer, en el desprecio repentino al olor del café, en el vértigo de las tardes en que el calor parecía doblar el horizonte.

Se enderezó, soltando el aire contenido, y por un momento el mundo entero pareció tambalearse. Miró a su alrededor, como si alguien pudiera haberla visto o escuchado en ese instante de revelación. Pero no había nadie. Los hermanos estaban en el galpón, su marido no volvería hasta la noche y el sol seguía siendo el único testigo de ese momento.

Entró en la casa, en la cocina, y se dejó caer sobre una silla hecha de madera gastada, con la espalda erguida y las manos temblorosas sobre su falda. No supo qué sentir. El alivio y el terror se mezclaron dentro de ella como un torrente imparable, una sensación que no podía poner en palabras. Había esperado este momento con la misma intensidad con la que lo había temido: la maternidad, el veredicto final de su cuerpo como mujer.

En la sala, el viejo reloj de pared marcaba con un tic-tac insistente los segundos que se deslizaban sin pausa. Isabel miró el reflejo de la luz sobre el suelo, y por primera vez en mucho tiempo, se sintió diferente. Había algo nuevo en ella, algo que nadie podría quitarle.

Por la noche, Pedro volvió como siempre, con el olor a polvo y trabajo pegado a su ropa. Se lavó en el patio, gruñendo alguna queja sobre el calor y la dureza del terreno. Isabel lo observó en silencio desde la puerta, con las manos apoyadas en el marco y una sombra distinta en sus ojos. No le dijo nada. La noticia aún era suya, como una semilla recién enterrada que debía ser protegida de las miradas y las palabras.

Esa noche, mientras Pedro dormía profundamente, Isabel quedó tendida boca arriba, mirando el techo. La oscuridad parecía más grande que nunca, como si el universo entero se hubiera estirado para cubrirla. Cerró los ojos y sintió otra vez esa presencia suave en su vientre, un signo de vida que no entendía cómo ni cuándo había llegado, aunque lo sospechaba, pero que ya estaba allí.

Pensó en su madre, en todas las mujeres del pueblo, en los rostros arrugados de las que habían parido hijos hasta quebrarse por dentro. Se mordió el labio con fuerza para ahogar el pensamiento. Lo que crecía dentro de ella no era un castigo. No podía serlo. Era otra cosa, una promesa, tal vez, o una tregua temporal con el mundo. Se giró hacia Pedro, que dormía de espaldas a ella, el cuerpo tan firme y ajeno como una estatua de piedra. ¿Lo entendería él? ¿Lo celebraría o lo temería? Isabel no lo sabía, pero tampoco quiso pensarlo. No en ese momento.

Afuera, la noche era un mar de grillos y estrellas. El viento se había levantado un poco, sacudiendo las hojas de los árboles como un susurro lejano. Isabel cerró los ojos y, por primera vez en meses, se permitió sonreír. No por alegría, sino por algo más profundo y antiguo, algo que las mujeres llevaban dentro como un secreto: la certeza de que, aunque el mundo las doblegara, ellas siempre serían capaces de dar vida.

Don Pedro vuelve a toser tímidamente y sus ojos brillan, recordando el día de la noticia.

Ese momento lo arrastra como una corriente silenciosa hacia un verano de hace muchos años, en el que Isabel pronunció, casi con miedo, las palabras que cualquier hombre hubiera celebrado como la noticia más grande de su vida. Pero él no, nunca fue un hombre de demostraciones ni de gestos innecesarios; su forma de vivir era directa, sin adornos. Así también recibió aquella noticia, como quien escucha algo previsto, una obligación cumplida más que una bendición llegada del cielo.

Fue un mediodía cualquiera, sin otra señal más que el habitual aroma a guiso de mondongo hirviendo sobre el fuego lento. El hombre comía en silencio, con el plato apoyado sobre el mantel de hule raído, la cuchara chocaba contra el metal del plato en un ritmo mecánico, el único sonido de la casa.
Isabel estaba de pie, apenas separada del respaldo de la silla, como si dudara entre huir o enfrentar lo inevitable. Sus dedos se retorcían sobre el delantal, un gesto nervioso y frágil que pasó desapercibido para su esposo, concentrado en limpiar el plato hasta dejarlo brillante, como si comer fuera también un deber que debía realizarse sin distracciones.

—Querido... —comenzó Isabel, la voz suave, temblorosa, como si temiera romper algo en el aire.
Pedro levantó la vista apenas un segundo, con la misma indiferencia con la que mira quien no espera nada.
—Estoy embarazada.

Fue todo. Ni un preludio, ni explicaciones. Una sentencia breve y desnuda que se suspendió en el silencio de la habitación como un golpe en seco. El hombre se detuvo por un instante, dejando la cuchara a medio camino entre el plato y su boca, y luego asintió con un gesto corto, inexpresivo, casi distraído.
—Bueno. —Murmuró. Volvió a llenar la cuchara—. Era hora.

Terminó de comer sin apurarse, la frente inclinada sobre el plato, sin mirarla, como si aquellas palabras hubieran sido apenas otra noticia más del día: un arreglo en la iglesia, la llegada de un circo al pueblo o la rotura de un caño. Cuando dejó el cubierto sobre el plato vacío, se levantó, se sirvió agua en el jarro de loza, la bebió sin pausa y al terminar se secó la boca con el dorso de la mano.
—Voy a dormir la siesta.

Aquella frase, simple e inevitable, era casi un ritual en los pueblos. Dormir la siesta era sagrado, una costumbre respetada con la devoción de un rito, porque en aquellas tierras, donde la jornada comenzaba con la primera luz del día, el descanso del mediodía era tan imprescindible como el aire que respiraban. Se recogían las herramientas, se cerraban las puertas, las casas quedaban quietas y silenciosas como cementerios mientras los hombres buscaban alivio de las horas más duras del sol. Pedro no era la excepción.

Pasó junto a Isabel sin mirarla, los zapatos de suela gastada sonando contra el piso de madera. Cerró la puerta del cuarto con cuidado, pero con la fuerza suficiente para marcar un límite invisible, como si dijera sin palabras que la conversación había terminado. Isabel se quedó en el mismo lugar, con las manos apretadas contra el delantal y la mirada fija en el mantel de la mesa.

El ritual de la siesta comenzaba, como siempre, con la cama hundiéndose bajo el peso del cuerpo cansado de Pedro, que se acomodaba boca arriba, las manos cruzadas sobre el pecho y la respiración lenta y profunda, buscando una pausa en el tiempo, una tregua de todo lo que existía más allá de la puerta cerrada. Para él, el mundo quedaba suspendido allí, en ese cuarto oscuro y tibio, donde las cortinas apenas dejaban filtrar una luz dorada que hacía brillar las partículas de polvo en el aire.

Pero para Isabel, el silencio de la siesta era otra cosa: una ausencia de sonido cargada de presencias. Sentada en la silla de la cocina, sintió cómo la casa entera parecía contener la respiración, como si cada mueble, cada pared y cada sombra supieran lo que había sucedido y la observaran en silencio.

Llevó una mano a su vientre, con una suavidad que rozaba

la ternura, y cerró los ojos. Pensó en el niño. Era la primera vez que permitía que la idea se formara con claridad, como si hasta entonces hubiera sido apenas un murmullo en su conciencia. Un hijo. Una criatura que crecería dentro de ella, que tomaría vida en silencio y que, al nacer, se convertiría en el lazo definitivo entre ella y un hombre que la había mirado como quien aprueba el trabajo de un obrero.

Isabel abrió los ojos despacio. Miró hacia la puerta del cuarto donde Pedro dormía, ajeno al cambio que acababa de sacudir su mundo. Él no era un padre, ni en ese momento ni en ninguno que Isabel pudiera imaginar. Pedro no tendría en brazos a un hijo con la emoción de quien recibe un milagro. No construiría juguetes de madera ni contaría historias al pie de la cama, seguiría siendo él, con sus silencios, sus rutinas y su mirada fija en el horizonte de las cosas útiles, prácticas y concretas (Según él).

Para ese hombre, la noticia de un hijo era un cumplimiento: Isabel había cumplido. Eso era todo.
Ella, en cambio, no sabía cómo sentirse. Por un lado, el miedo (porque sabía lo que significaba traer al mundo a un hijo, lo que esperaba de ella la sociedad, las mujeres del pueblo, las sombras de su madre y su abuela que parecían susurrarle desde algún rincón). Y por el otro, una chispa diminuta de orgullo: aquel niño era suyo. Crecía en su cuerpo, en su sangre, y nadie podía quitárselo.

Se levantó de la silla con cuidado, como si cualquier

movimiento brusco pudiera romper algo frágil dentro de ella, y salió al patio. El aire estaba quieto, cargado de ese calor que lo hace todo inmóvil. Cerró los ojos un instante y respiró hondo. Por primera vez en mucho tiempo, no pensó en Pedro, ni en la casa a medio construir, ni en las mujeres del pueblo. Pensó en ella misma y en el niño que crecía en su vientre. Era pequeño, apenas un soplo de vida, pero en ese instante, fue todo lo que importó.

El Boliche Quemado

CAPÍTULO 10

SALADA Y ASQUEROSA

Pedro clavó la pala en la tierra una vez más y dejó caer el balde con un golpe seco, mirando el fondo del pozo como si esperara un milagro. El agua, escasa y sucia, apenas reflejaba el gris opaco del cielo. Se inclinó, recogió un poco entre sus manos y las acercó a su boca. El primer sorbo fue suficiente. Era salada.

Se enderezó con esfuerzo, la espalda tensándose como un arco después de meses de esfuerzo. Miró alrededor: la construcción se alzaba firme pero incompleta, un techo fuerte y un piso vacío donde todavía resonaban los ecos de sus martillazos. La letrina improvisada, un agujero rodeado de tablas sin puerta, y al lado, el pozo salado, eran las únicas señales de que allí alguien había intentado empezar algo.

—Para nada... —murmuró entre dientes escupiendo el sabor a sal, como si ese puñado de palabras pudiera maldecirlo todo.

Ciriaco, el caballo que lo había acompañado como cada día hasta ahí, resopló a un costado y pateó el suelo, rehusándose a acercarse más. Ni los animales querían aquella agua. Ni para ellos servía.

Pedro no supo cuánto tiempo quedó allí parado, mirando el pozo como si le devolviera la mirada, burlón. No era un hombre dado a lamentarse, pero un nudo se le instaló en el pecho. Todos esos meses de trabajo, de jornadas interminables bajo el sol, con las manos despellejadas y el cuerpo roto, ¿Para qué?

Atardeciendo volvió a la casa de los hermanos Pizzano más callado que de costumbre con el paso más lento. Isabel, con su vientre de siete meses ya pronunciado, lo vio llegar desde la ventana de la cocina y supo al instante lo que había pasado. Lo recibió en silencio, con una mirada que lo atravesaba, como si leyera en él las palabras que nunca diría.

Pedro se sentó en la mesa, apoyó los codos sobre la madera y dejó caer el sombrero junto a él. Isabel dejó la jarra de agua fresca frente a su esposo y se quedó un momento en silencio, observándolo. Finalmente habló, con esa voz pausada que parecía haber madurado durante el embarazo.

—Hablé con Néstor y Horacio. Podemos seguir acá, es mi casa también, más adelante vemos, Elvira vive allí a dos casas y es una ventaja tener la partera cerca.

Pedro levantó la vista despacio, su mirada gris clavándose en la de Isabel. No dijo nada. El orgullo le quemaba la lengua, pero no podía ignorar lo evidente. Allí, en esa casa de paredes viejas, había agua, comida y un techo que no se desmoronaba con el viento. Para el niño que venía en camino —siempre esperando el varón—, aquello era lo mejor.

Asintió apenas y tomó un trago de agua. Isabel entendió que la conversación había terminado.
Pedro no dormía bien desde aquel día. Las noches lo encontraban sentado en el borde de la cama, los brazos apoyados sobre las rodillas, mirando hacia la nada mientras Isabel dormía profundamente con una mano sobre el vientre y

el cuerpo cansado de cargar la vida que crecía dentro de ella. Hasta que una madrugada, la idea lo golpeó de lleno.

—Claro! Un boliche!.

Lo dijo en voz alta, aunque solo el silencio de la habitación lo escuchó. Se levantó, se puso las botas sin hacer ruido y salió al patio, encendiendo un cigarro con la chispa inquieta de un fósforo. Miró en dirección al camino viejo que pasaba por el terreno, pero ahora lo veía con otros ojos. Si no servía para vivir, serviría para trabajar. No era tan distinto del boliche del pueblo, pero podría ser mejor.

Más alejado para el pueblerino que tendría que ir a caballo pero más cerca del ripio que va a Mones Cazón y a otras ciudades más grandes, queda al paso y ahí no más de los peones de "La Medianoche", la estancia donde decenas de hombres dormían en galpones de paja después de días enteros de cosecha, ordeñe y arreo. Aquel lugar podía ser un refugio para ellos, una parada obligada al caer el sol, donde pudieran beber un vino áspero, fumar en silencio o perder algunas monedas en la mesa de cartas. Un techo donde olvidarse del campo por un rato, aunque solo fuera eso: un rato.

En su mente, lo vio todo con claridad: las mesas rústicas, el mostrador de madera firme, los faroles colgados del techo iluminando el humo espeso de los cigarrillos, el murmullo de voces cansadas que venían y se iban con las horas. Aquella construcción no había sido en vano. Había futuro en ese lugar. Solo debía transformarlo.

Pedro arrojó la colilla del cigarro al suelo y la aplastó con el talón de la bota, dejando que el humo escapara despacio de su boca. Miró una vez más en dirección al terreno, como si ya pudiera ver allí el resplandor de las luces y escuchar los tangos viejos que se mezclarían con el ruido de los vasos sobre las mesas.

La idea lo tranquilizó, le devolvió la sensación de control, de utilidad. La casa que no pudo ser, se convertiría en un negocio, y eso, para él, era más que suficiente.

Cuando volvió a entrar en la casa, Isabel dormía todavía. Pedro se sentó en la silla junto a la ventana, el cuerpo relajado por primera vez en semanas. El niño que venía en camino no cambiaría los planes, todo lo contrario. Porque un boliche bien armado no solo sería un refugio para los hombres del campo. También se convertiría en un legado.
En la penumbra de la habitación, los primeros rayos del amanecer comenzaron a filtrarse por las grietas de la ventana. Pedro se acomodó en la silla, mirando el horizonte que empezaba a teñirse de naranja. Sus manos, endurecidas por la pala y el martillo, descansaban sobre sus rodillas. No necesitaba más. Ya lo había decidido.

Esa mañana salió con los primeros rayos del sol, el carro ya cargado con lo imprescindible y el corazón bombeando con la fuerza de un hombre con determinación. Los ahorros, guardados durante años en un tarro de lata escondido bajo las tablas del suelo, ardían en sus bolsillos como brasas. Era todo lo que tenía, el último pedazo de su sacrificio hecho dinero, y esa vez, no lo pensaba desperdiciar.

Se dirigió primero a la sodería, ese galpón inmenso donde el olor a metal y a agua carbonatada se mezclaba en el aire. Allí, bajo la penumbra de techos altos y el ruido constante de máquinas viejas, hombres con delantales mojados se movían como piezas de una maquinaria humana.

Entre los sifones relucientes y las estanterías cargadas de botellas, Pedro cargó lo necesario: damajuanas pesadas de vino tinto y vino blanco, ginebras en botellas de vidrio verde que reflejaban la luz, cañas quemadas de etiqueta desgastada y grappa (esa que los peones tomaban como si fuera remedio). También recogió unas botellas de whisky barato, con marcas inglesas que nadie se detenía a leer, pero que daban cierta importancia a los que la bebían con el mentón en alto. Por último, sifones de soda, grandes y relucientes, que parecían prometer frescura en el lugar más caliente del mundo.

El carro crujió con el peso, pero Pedro no lo sintió. Un hombre que tiene un propósito camina sin fijarse en la carga que lleva. El tambor lo consiguió esa misma tarde en la herrería, donde los hombres trabajaban con máquinas que rugían y lanzaban chispas como animales heridos. Fue allí donde se enteró de uno de esos tambores de aceite de doscientos litros, vacío y oxidado en un rincón, desechado después de ser utilizado para lubricar máquinas de arar.

—Te lo llevas si lo lavas bien, no quiero problemas después. —gruñó el herrero, sin levantar la vista de la rueda de metal que martillaba.

Pedro no perdió tiempo. Aquel tambor era justo lo que necesitaba para su idea. Lo subió con esfuerzo al carro y volvió a casa, donde pasó horas lavándolo, refregando el interior con arena gruesa, agua y un cepillo de alambre hasta que desaparecieron el olor y los restos de aceite. Lavó tanto que los nudillos le sangraron un poco, pero cuando el tambor quedó limpio y reluciente, le dio unas palmaditas como a un caballo domado y lo colocó bajo una canaleta improvisada que había clavado al techo. Cuando lloviera, el agua caería directo al tambor, lo que significaba tener siempre algo para la letrina además de agua salada del pozo y para lavar lo imprescindible.

El resto del día lo dedicó a preparar el interior del boliche. Colocó los tablones en forma de un mostrador largo y firme, apoyado sobre barriles viejos. Encima del mostrador, con precisión de relojero, acomodó las botellas: las más vistosas adelante, las damajuanas robustas atrás, las grapas y cañas a los costados. La organización era tan meticulosa como si Pedro estuviera exhibiendo un tesoro.

Las estanterías las improvisó con tablas clavadas a la pared, tan rústicas como todo lo demás, pero suficientes para sostener las botellas y algunos vasos. Cada clavo golpeado resonaba en la estructura vacía, como si la casa misma estuviera despertando con cada martillazo.

Al caer la tarde, Pedro fue hasta el terreno vecino, donde un viejo criador de ovejas pasaba los días con su rebaño pequeño y manso. Con un par de billetes y pocas palabras, Pedro volvió con tres ovejas blancas, flacas pero resistentes, que soltó en su terreno para que mantuvieran el pasto corto. Las miró trabajar mientras el sol se ocultaba detrás de los árboles, y por primera vez en semanas, el terreno comenzó a parecer menos salvaje y más habitable.

Fue a buscar a los muchachos de La Medianoche esa misma noche. Se acercó al galpón donde cenaban después de la jornada a eso de las siete, oliendo a sudor y a cuero, y se sentó con ellos, un gesto simple pero lleno de intenciones.
Con palabras medidas y tono seguro, les contó sobre su idea:

—Va a ser un boliche, muchachos. Cerquita, pa' cuando salgan de trabajar.

Les prometió vino, un mostrador limpio, cartas y una lámpara de parafina que iluminaría las noches largas. Los hombres lo escucharon en silencio, con cuchara en mano y miradas cansadas, pero al final, asintieron. Para ellos, un boliche cercano era un regalo: muy cerca, y un poco de diversión.

—Contá con nosotros. —dijo uno, con la voz grave y la cara curtida por el viento.

La noticia corrió rápido entre los peones. Al día siguiente algunos se acercaron al terreno con curiosidad, dejando escapar promesas de ser "clientes fieles". Pedro los recibió con un cigarro entre los labios y una mirada satisfecha, como quien está por inaugurar el único refugio en medio de un desierto.

La idea del boliche tomó vida en apenas unos días. En su mente, Pedro ya veía a los hombres bebiendo en silencio, apoyados en el mostrador mientras el humo de los cigarros dibujaba figuras en el aire; los peones lanzando monedas sobre la mesa improvisada de cartas, entre risas bajas y miradas cómplices. Lo veía todo tan claro como si ya existiera.

Faltaban solo las mesas y las sillas que Carlitos Sanchez le conseguiría en Pehuajó mientras que hacía el reparto heredado de su tío, pero Pedro no tenía ningún apuro. Cada clavo, cada lámpara, cada botella en su sitio eran piezas de algo más grande que él mismo.

Esa noche se recostó sobre un saco de arpillera, encendió un cigarro y miró las sombras proyectadas por las lámparas encendidas. El lugar olía a madera fresca, a parafina y a polvo, pero para él, era el aroma de un futuro recién nacido.
Por primera vez en mucho tiempo, sonrió en la oscuridad.

CAPÍTULO II

PARALELOS

Don Pedro apaga el cigarro dejando unas dos pitadas para más tarde, vuelve a mirar el reloj e imagina sus rebuscadas agujas girar hacia el otro lado.

Cierra los ojos un instante, como si con ello pudiera detener el tiempo, reescribirlo, retrocederlo a aquellos días donde cada decisión, por insignificante que pareciera, moldeaba un destino que nunca supo entender.

El primer golpe en su memoria lo lleva a los días de la cosecha, bajo el sol inmisericorde de Enero. La rutina era un castigo envuelto en calor. Los peones trabajaban alineados como soldados en una batalla silenciosa, guiados por el ritmo de las palas y la voz grave y firme del capataz. Era un día como cualquier otro, pero Pedrito, impulsado por el calor que lo asfixiaba, decidió no quedarse en la penumbra del galpón para dormir la siesta como los demás.

En su mente, ahora anciana, juega con la idea: ¿Y si esa tarde hubiese cedido al cansancio y se hubiera recostado junto a sus compañeros?

Lo ve todo con una claridad hiriente. Pedrito, tendido en un saco de arpillera, con la cabeza apoyada en un brazo y con los ojos cerrados, mientras el eco de las cigarras llenaba el aire. Isabel habría pasado por el camino como un espectro, una presencia inadvertida. La cinta roja en su muñeca no habría sido más que un detalle insignificante en el paisaje, y él jamás habría decidido, con la firmeza ilógica de un adolescente, que ella sería su esposa. Su vida habría seguido otro curso, tal vez más tranquilo, pero también más vacío.

Pedro abre los ojos y respira hondo, intentando sacudirse esa visión que lo incomoda. Una pequeña brasa había quedado viva, y como una virulenta y reaccionaria sindicalista, vuelve a alentar el encendido del pucho que ya había sido postergado, el humo, hipnotizante y cómplice del instante, lo arrastra hacia otro momento, otro cruce de caminos. Esta vez está de pie, junto al borde solitario del camino de ripio en la Pampa. Había caminado durante días, huyendo del trabajo y del peso de una vida que iba a aplastarlo a órdenes del heredero del viejo Osorio. En ese instante, debía decidir: regresar a Nueva Plata, al pueblo que había dejado atrás, o aventurarse hacia tierras desconocidas.

Se ve a sí mismo joven, delgado, con los pies polvorientos y el rostro quemado por el sol. A la izquierda, el camino de regreso: un sendero que prometía certezas y, en algún rincón de esas certezas, a Isabel. A la derecha la incertidumbre. Un horizonte plano y vacío que parecía no llevar a ninguna parte, pero que ofrecía algo que el otro camino no: la posibilidad de ser otro hombre, al menos con otra historia.

Pedro imagina haber tomado esa otra dirección. El sendero lo lleva a pueblos más pequeños, más pobres, donde el trabajo es más duro y la paga más escasa o solo por techo y comida. Se ve cargando bolsas de granos quizás en un puerto perdido, o tal vez trabajando en la reparación de un ferrocarril que cruza paisajes monótonos y pampeanos colmados de rastrojos y yuyos en grupos enemistados entre sí.
En esa vida, no hay Isabel, ni boliche, ni terreno. Hay solo una

lucha diaria por sobrevivir, un desgaste lento que lo convierte en un hombre sin pasado ni futuro, o talvez en otro viejo, sentado mirando otra cosa, tomando decisiones intrascendentes en base a circunstancias de su pasado inmodificable, generando otras interminables historias paralelas, en interminables líneas de tiempo hasta que no exista un final.

Estas realidades alternativas no lo tranquilizan. En cada una de ellas, Pedro encuentra un vacío que no sabe explicar. Tal vez Isabel no habría sido su obsesión, pero algo, o alguien más habría llenado ese espacio con una intensidad similar. La obsesión no es tanto por Isabel sino por la idea de tener algo que lo impulse, algo que lo saque de la inercia de la rutina.

El cigarro se apaga por completo, y Pedro lo aplasta con un movimiento lento. En el reflejo del vidrio de la ventana, ve su propio rostro, arrugado y severo, y por un momento, casi puede ver a ese joven que una vez fue, decidiendo hacia dónde caminar, qué hacer.

No hay respuestas en el reflejo, solo preguntas que nunca tendrán un final.
Si Pedro imaginó sus vidas no vividas, Isabel no podía ser menos. En sus silencios, en sus pausas, también habitaban caminos alternos: otros destinos que nunca tomó, otras versiones de sí misma que apenas se atrevía a soñar.
Isabel cierra los ojos, sentada en el silencio de la sala de primeros auxilios, con los dedos entrelazados sobre su regazo. Afuera, el viento arrastra el polvo de las calles del pueblo, pero

en su mente, es otro tiempo, otra vida, otra Isabel. Como si el presente no pudiera sostenerla, su pensamiento se adentra en las posibilidades de lo que nunca fue. Una versión distinta de ella, tan palpable como el aire que respira, comienza a tomar forma.

Se imagina a sí misma en un salón universitario, rodeada de libros gruesos y rostros serios, con la bata blanca que alguna vez soñó llevar. Isabel, la doctora. No la enfermera que toma la presión y atiende gripes en un rincón olvidado del mapa, sino la profesional que diagnostica, que decide el curso de una vida con solo mirar un expediente. Se ve en una sala iluminada, con el estetoscopio alrededor del cuello y un bisturí por cualquier emergencia en algún bolsillo de su chaqueta, como si pudiera desentrañar no solo cuerpos, sino destinos.

Pero esa imagen no viene sin sacrificios. En ese camino alternativo, Isabel siente el peso de las miradas de los hombres que la ven como una intrusa en un mundo que no es el suyo. Las noches son largas, solitarias, llenas de dudas. Se imagina a los dieciocho años dejando Nueva Plata, con una valija pequeña y los ojos fijos en la ciudad que prometía oportunidades pero que también se la tragaba con su inmensidad. Se ve caminando por calles ruidosas, donde nadie la conoce ni la llama por su nombre. La soledad, piensa, es el precio del éxito.

En ese mundo alterno, Isabel nunca conoció a Pedro más allá de un saludo ocasional en el pueblo. Nunca cruzó la plaza esa tarde para encontrarse con él, ni la inquietante obsesión que la hizo sentir atrapada y protegida al mismo tiempo. En esa otra vida, Pedro es apenas un nombre vago, un hombre del pueblo como tantos otros, cuya presencia no logró atravesar las murallas invisibles que Isabel construyó alrededor de sus sueños.

Sin embargo, incluso en esa vida de títulos y logros, Isabel siente algo que falta. Se imagina atendiendo a mujeres como Elisa, marcadas por el sufrimiento de una época que no las comprendía ni las perdonaba. Cada rostro que encuentra es un recordatorio de lo que dejó atrás: el olor a pan recién horneado en la cocina de su madre, el sonido de las gallinas en el patio, las tardes sentada con sus hermanos en el corredor. Esos detalles que la ciudad nunca pudo replicar. Se pregunta si la mujer que es en ese universo alternativo, con todo su prestigio, es realmente feliz.

Otra posibilidad surge en su mente: ¿Y si no hubiese cruzado la plaza aquella tarde? Se ve a sí misma regresando a casa, ocupándose de las tareas diarias, atendiendo a sus hermanos, como tantas otras veces. Pedro habría esperado bajo el árbol, quizás encendiendo y apagando un cigarro, hasta que la resignación lo hiciera marcharse. Esa decisión, tan pequeña, habría cambiado todo.

En esta línea de tiempo, Isabel no se casa con Pedro. Los días pasan sin sobresaltos y su vida avanza con la monotonía de quien nunca toma riesgos. Con el tiempo, acepta casarse con otro hombre, uno menos complicado, menos intenso. Un matrimonio práctico, no basado en sueños o pasiones, sino en la conveniencia y la necesidad de encajar. Se imagina planchando camisas, cocinando guisos, cuidando a hijos que nacen uno tras otro sin preguntarle si está lista. Su rostro se ve viejo antes de tiempo, no por las arrugas, sino por la falta de entusiasmo, por una vida que no exige nada más de ella que su presencia.

Isabel abre los ojos y se encuentra de nuevo en la sala de primeros auxilios, las manos aún entrelazadas sobre su regazo. El presente, con todas sus cargas y certezas, la reclama. No hay valija en la estación de tren, ni calles de la ciudad, ni matrimonios convenientes, solo el lento tic-tac del reloj y el peso de un vientre que promete un futuro que aún no sabe cómo enfrentar.

Pero el pensamiento persiste: en cada vida imaginada, Isabel no puede escapar de una sensación ineludible, la de que ninguna decisión es realmente suficiente. El mundo no le permite ser más de una cosa a la vez. Madre o doctora, esposa o soñadora, rebelde o sumisa. Siempre habrá una parte de ella que se quede atrás, atrapada en las vidas que no vivió y comprende que no importa cuántos caminos existan en su mente: este, el que camina ahora, es el único que puede recorrer.

Don Pedro acaricia la madera áspera de la mesa, la única que quedó en la casa. Fue Carlitos quien la trajo aquella tarde, tras el viaje a Pehuajó con el lote de mobiliario para el boliche. Había conseguido seis mesas con sus respectivas sillas de madera, todas iguales, haciendo juego. Pero esta, diferente, parecía un agregado de última hora. El hombre del galpón, ansioso por deshacerse de ella, prácticamente se la regaló, diciendo que ocupaba demasiado espacio. Una mesa también "bolichera", pero robusta, pesada, con un aire de soledad envejecida que desentonaba con la uniformidad de las demás.

A Pedro no le pareció un mal trato, pero en el boliche no había lugar para ella. Seis mesas eran suficientes, y un número par siempre resultaba más práctico, más armónico. Así que, al llegar, decidieron dejarla en la casa. Carlitos apenas tuvo que ayudar; Pedro, con esa testarudez que lo caracterizaba, la cargó casi solo, dejándola caer en la cocina, donde las patas rechinaron contra el suelo como si protestaran por su destino. Y allí quedó, frente al reloj colgado en una pared blanca y deslucida, un mueble fuera de lugar en un espacio que no parecía pertenecerle.

Ahora, sentado frente a ella, Pedro la observa con la intensidad de quien mira algo que siempre estuvo allí, pero que nunca se había permitido notar del todo. Sus dedos siguen las vetas de la madera, los surcos profundos, las cicatrices de su pasado. Un hundimiento en una esquina cuenta una historia que él desconoce, pero que no necesita saber; la mesa no pertenecía al boliche, pero, de alguna manera, había sido testigo de decisiones, silencios y frustraciones que Pedro nunca pudo cargar hasta aquel mostrador.

Suspira y se reclina hacia atrás. La luz mortecina del día

atraviesa la ventana, proyectando sombras alargadas sobre la mesa que parece flotar en el espacio como una isla solitaria.

En ese momento, Pedro comprende que esta mesa que quedó por casualidad o por destino, nunca estuvo fuera de lugar. Incluso aquello que no encaja, piensa, encuentra su propósito. Y quizá, al final, su lugar siempre fue este.

El Boliche Quemado

CAPÍTULO 12

LA APERTURA

El viernes había llegado con un frío que anunciaba la llegada del invierno. La brisa barría las calles polvorientas de Nueva Plata mientras los vecinos, casi por inercia seguían los rumores que habían crecido como una llama en un rastrojo seco. La noticia de la inauguración del boliche en el camino viejo no había nacido de ningún anuncio oficial, sino de un gesto cotidiano: Pedro cargando sifones, botellas y bidones en la sodería.

El sodero, siempre dispuesto a comentar más de lo necesario, había iniciado el hilo de murmullos que luego Horacio, sin intención, había alimentado en la peluquería del pueblo. Allí, entre navajas y peines, las palabras cobraron vida propia saltando de cliente en cliente hasta que todos sabían lo que iba a pasar esa tarde.

En los pueblos pequeños, donde el tiempo avanzaba con la monotonía de un reloj cansado, cualquier evento era suficiente para sacudir el polvo del tedio. La inauguración del boliche de Pedrito se convirtió en un acontecimiento esperado con la misma devoción que la misa de domingo, aunque con un aire más liviano, casi irreverente. Las mujeres, por supuesto, no entrarían. La regla implícita de que los bares eran territorio exclusivamente masculino no necesitaba explicación. Pero eso no impedía que algunas se asomaran con excusas fabricadas: pasar a buscar a algún hermano, cruzar para "comprar algo en el almacén cercano", o simplemente caminar por la calle, pretendiendo desinterés mientras sus ojos absorbían cada detalle del movimiento en el boliche.

Las seis de la tarde trajeron consigo un desfile de sulkys,

caballos y hombres a pie, como si el camino viejo se hubiera transformado en un escenario para algo más que una inauguración. Los primeros en llegar fueron los viejos hermanos que vivían frente al otro boliche, el de Don Ricardo, quien, fiel a su carácter, decidió quedarse en su casa mientras mascullaba maldiciones y repasaba mentalmente los números que ya no cerraban. Sus cuñados no lo acompañaron.

Pedro había encendido todas las lámparas de parafina y el boliche brillaba como un faro en la penumbra del campo. La luz cálida y temblorosa iluminaba las mesas perfectamente alineadas, los vasos relucientes, y las botellas que adornaban las estanterías como trofeos. El aire olía a madera fresca, a parafina y al polvo húmedo que los hombres traían en las botas. En el centro del bullicio, Pedro, impecable con su pañuelo oscuro al cuello, servía ginebras, cañas y sifones de soda con la eficiencia de alguien que había imaginado ese momento durante mucho tiempo.

No tardaron en llegar los peones de la estancia "La Media Noche", acompañados por el capataz, un hombre de mirada dura y modales escuetos. Entre risas bajas y algunos murmullos, los hombres aceptaron con entusiasmo la ronda gratis que Pedro les ofreció. Era un gesto calculado, un pequeño sacrificio para asegurarse de que la noticia del boliche llegara hasta el último rincón de la estancia, donde los demás peones, ocupados en sus tareas, no tardarían en soñar con una escapada nocturna al nuevo punto de encuentro.

En una esquina, Carlitos Sanchez sacó su guitarra, afinándola con movimientos casi ceremoniales. La música pronto se alzó sobre el murmullo, y con ella, un payador espontáneo comenzó a improvisar versos. Su voz rasposa llenó el espacio con palabras que resonaron como una bendición: "Que este boliche querido / de Pedrito en el camino / nunca le falte el vecino / ni el amigo, ni el vino." Las risas y los aplausos estallaron, y por un momento, el frío de afuera pareció quedar en otro mundo.

Atados al alambre, los caballos permanecían inmóviles, sus figuras apenas visibles bajo la tenue luz que escapaba del boliche. Algunos hombres salían tambaleantes, apenas capaces de mantener el equilibrio mientras montaban a sus animales, confiando en el instinto de las bestias para volver a casa. No era la primera vez que los caballos se convertían en guías de cuerpos cansados y mentes enturbiadas por el alcohol. Era un ritual tan antiguo como los propios boliches: el trote lento de los animales, las miradas ausentes de los hombres apestando que apenas sostenían las riendas.

Dentro, el aire pesaba, cargado de humo de cigarros y el calor de tantos cuerpos en un espacio reducido. Las mesas ya no eran suficientes; algunos hombres se apoyaban en el mostrador, otros improvisaban lugares para sentarse mientras las conversaciones subían y bajaban como olas. Pedro, desde su puesto, observaba todo con una mezcla de satisfacción y cansancio. Sabía que había logrado algo importante. Cada clavo, cada tabla, cada botella en su sitio, todo formaba parte de un sueño que ahora era real.

A las tres de la mañana, las lámparas comenzaron a parpadear, como si también sintieran el agotamiento de la noche. Pedro se permitió un momento de calma, recostándose en su silla y dejando que la música y las voces se mezclaran en un eco distante. Su boliche estaba vivo, y con él, Nueva Plata había cambiado, aunque fuera solo un poco.

La noche se tornaba diferente en la casa.
Isabel se sentaba frente al espejo sin prestarle atención. Su reflejo estaba allí, pero no lo buscaba. El cuerpo, moldeado por el embarazo, tenía un peso que parecía exceder lo físico; había en su postura una tensión contenida, un gesto que sugería que no era solo su vientre el que la hacía encorvarse. Los hombros apenas le temblaban, un movimiento imperceptible que cualquier otra persona habría confundido con el frío, pero no había frío esa noche. Era otra cosa. Algo que nacía desde dentro.
El cuarto estaba en silencio, interrumpido solo por el crujido ocasional de la madera bajo el peso de su silla. Alisaba la tela del vestido que cubría sus piernas. Era un movimiento automático, mecánico, como si su cuerpo buscara una tarea simple que le ayudara a ignorar lo demás. Pero no podía ignorarlo. No podía ignorar el espacio que ocupaba ese hijo, ni la ausencia que ocupaba ella misma.

No tener hijos. Esa era la condena silenciosa de las mujeres del pueblo. No tenerlos era cargar con miradas que, aunque no se pronunciaban, eran como cuchillos que cortaban de forma sutil y persistente. Y ahora, mientras Isabel trazaba con un dedo los pliegues de su falda, pensaba en esas miradas y en lo que sentirían al saber que ella sí lo tendría. No debía haber vacío en alguien que cargaba esa bendición. Pero Isabel sabía, aunque no lo dijera en voz alta, que el vacío seguía allí.

Había escuchado las historias desde niña. Las mujeres que nunca fueron madres, que se convertían en notas al margen de la vida del pueblo. Las miradas de lástima que las seguían, la certeza de que, sin hijos, no había un lugar real para ellas. La maternidad no era solo un hecho biológico; era una afirmación de pertenencia. Isabel siempre lo supo. Lo había aceptado como una verdad inevitable. Y ahora, con ese hijo creciendo en su vientre, debería sentirse a salvo de todo eso. Debería sentirse completa.
Pero no se sentía así.

Su reflejo en el espejo era una presencia extraña. La mujer que veía parecía un fantasma de sí misma, una figura que llevaba la curva del embarazo como un escudo, pero que, al mismo tiempo, parecía estar hecha de aire. Isabel alzó la mano y tocó su rostro, como si el gesto pudiera anclarla de vuelta a sí misma, pero sus dedos fríos solo encontraron piel, y la piel no tenía respuestas.

Había cosas que no se decían. Esa era una verdad tan arraigada como las tradiciones mismas del pueblo. Las mujeres no hablaban de lo que pesaba el deseo de ser madres, ni de lo que pesaba el no querer serlo. Isabel se había tragado tantas palabras que a veces sentía que su pecho estaba lleno de ellas, atoradas, buscando salir y siendo empujadas de vuelta, una y otra vez. Pero ahora, en el silencio de esa noche, no había nadie que la viera. Nadie que escuchara si se le escapaba un suspiro o un pensamiento.

Las yemas de sus dedos se deslizaron por el vientre, esa piel tensa que no sentía como suya. Era una conexión, sí, pero no como las demás describían. No como decían que debía ser. Había días en los que la vida dentro de ella le parecía una intrusión, un recordatorio de algo que no quería nombrar. Y sin embargo, Isabel sabía que esa intrusión era también lo único que evitaba que su vacío se desbordara.

El hijo vendría pronto, eso lo sabía. El pueblo la miraría con admiración, con envidia incluso, pero Isabel no podía imaginar esa vida con la misma claridad con la que veía su reflejo ahora. Su mente iba a otra parte, a un rincón que no compartía con nadie. A un rincón donde las palabras "madre" y "mujer" eran una carga, más que una identidad.

Se levantó despacio, ajustando el vestido sobre su cuerpo. El movimiento despertó al hijo, que pateó suavemente. Isabel se detuvo. Cerró los ojos y por un momento, pensó que tal vez esa vida que crecía en su interior la salvaría de sí misma. Pero en el fondo sabía que no. Sabía que había cosas que ni un hijo podría borrar.

La casa estaba en silencio cuando volvió a la cama. Isabel se recostó, apoyando la cabeza en la almohada, pero no cerró los ojos. Había verdades que solo el insomnio podía revelar, y esa noche, Isabel no quiso apagarlas.

El bar de Pedrito no era cualquier bar; era el bar. En solo un mes se había convertido en el lugar donde todos, chacareros, peones y patrones, querían estar. Las mesas, antes recién colocadas y brillantes, ya mostraban el desgaste de un éxito constante: las marcas de vasos, las quemaduras de cigarros y las huellas de interminables noches de vermut y truco. No había un rincón que no contara una historia, y cada hombre que cruzaba la puerta se convertía en parte de algo más grande que él mismo.

Religiosamente, mañana y tarde, los hombres llegaban. Algunos después de una jornada de sol en los campos, otros buscando excusas para alejarse de sus casas. El vermut fluía con la misma generosidad con la que Pedrito servía los trozos de queso casero y aceitunas, gestos pequeños que hacían del bar algo más que un lugar; lo hacían un refugio. Los tangos de Magaldi resonaban en el fondo, a un volumen exacto para no interrumpir las conversaciones, pero lo suficientemente presente como para envolver el espacio en una melancolía acogedora.

De otros pueblos llegaban también, hasta de Magdala, siguiendo el rumor de que aquel pequeño bar en Nueva Plata era el mejor de la región. Los sulkys se alineaban en el camino viejo, y hasta las mujeres, que nunca podían cruzar la puerta, se quedaban afuera, conversando en voz baja mientras esperaban a sus maridos. No había necesidad de preguntar; era evidente que el bar de Pedrito era el centro de todo.

Pedro, lo vivía con una intensidad que no necesitaba palabras. Desde su puesto detrás del mostrador, observaba cómo sus clientes llenaban las mesas, las risas estallaban y los tangos marcaban el compás de las horas. Cada noche, cuando el bullicio disminuía y las lámparas parpadeaban, sentía una certeza: esto no era solo un momento, era un legado. Algo que permanecería incluso cuando los hombres y las noches cambiaran.

El éxito no era un accidente, era el resultado de cada tabla colocada, cada vaso alineado, cada gesto que convertía su bar en el alma de Nueva Plata. Y aunque no lo sabía aún, cada detalle quedaría grabado en su memoria, para que un Pedro distinto, años después, volviera a vivirlo sentado en una mesa grisácea, mirando un reloj que marcaba las once y cuarenta.

El Boliche Quemado

CAPÍTULO 13

EL NACIMIENTO

Cada noche, cada cierre.

Isabel escuchaba los pasos de Pedro antes de que llegara a la puerta. Eran lentos, pesados, cargados de ese tambaleo que solo el alcohol daba, aunque él nunca perdía el control del todo. La espera era un suplicio, pero no peor que lo que venía después. Cerraba los ojos, no para dormir, sino para hacerse invisible, para creer, aunque fuera por un instante, que si no lo veía, tal vez él no la vería a ella. Pero Pedro siempre la veía, o al menos veía lo que le pertenecía.

La puerta se abría con un crujido y lo primero que llegaba era el olor: ginebra, cigarro y sudor mezclados en una nube que llenaba la habitación. Isabel apretaba la mandíbula. No había palabras entre ellos, no las había desde el día en que el boliche abrió y Pedro regresaba cada noche como si cruzara el umbral de un establo, buscando algo que apaciguara su hambre. Ella era eso: algo que estaba ahí para ser tomado, no una persona, no su mujer, solo su hembra.

La cama se hundía bajo su peso, y las manos de Pedro, torpes pero firmes, la buscaban con la impaciencia de quien no quiere nada más que satisfacer un impulso. Isabel no se movía. Era un acto reflejo, un intento desesperado de desaparecer, de ser un trozo más de la madera vieja de la cama. Pero Pedro no buscaba consentimiento, ni lo necesitaba. Sus manos encontraban su cuerpo y la desnudaban con movimientos que no eran violentos, pero sí brutales, carentes de cuidado, carentes de humanidad.

Isabel mordía la almohada mientras Pedro la tomaba por detrás, su peso empujándola contra el colchón como si ella no tuviera más resistencia que un saco de harina. Cada movimiento era una invasión, una intrusión que dolía más por lo que significaba que por lo que sentía. No había placer, no había conexión. Era un acto frío, repetitivo, mecánico, como si ella no fuera más que un objeto destinado a cumplir con su función.

"Esto es lo que hacen las esposas," se decía Isabel. "Esto es lo que hacen las mujeres." Había escuchado a su madre, a las vecinas, repetirlo en murmullos resignados. Los hombres tenían sus necesidades. Negarse no era una opción. Un hombre tenía derecho a su mujer, siempre, fuera cual fuera su condición. Incluso embarazada, incluso con un hijo que podía llegar en cualquier momento. Pedro nunca mencionaba el embarazo. No parecía verlo, o si lo veía, no le importaba.

Esa noche, como tantas otras, Isabel sentía cómo el peso de Pedro aplastaba más que solo su cuerpo, aplastaba su voluntad, su identidad, todo aquello que alguna vez pensó que era suyo. Las lágrimas se acumulaban en sus ojos, pero no lloraba. Había aprendido a contenerlas. Las lágrimas no cambiaban nada, no cambiaban el ritmo urgente y desconsiderado de Pedro, no cambiaban su respiración pesada, ni el sonido de los bordes de la cama golpeando la pared. No cambiaban el hecho de que, cuando él terminaba, se dejaba caer a su lado, satisfecho, mientras ella quedaba ahí, rota y en silencio.

Pero esa noche fue diferente. Algo se rompió, y no solo dentro de Isabel. Sintió una presión aguda en su vientre, un dolor que no era nuevo, pero que esta vez era más fuerte, más definitivo. Pedro, ya dormido, no se enteró cuando el líquido cálido se escurrió entre sus piernas y manchó las sábanas. Isabel lo supo de inmediato: la bolsa se había roto, el bebé ya venía.

Se levantó con dificultad, apoyándose en la pared para no caer. Las contracciones eran fuertes, rápidas, y cada una parecía arrancarle algo más que el aliento. Miró a Pedro, roncando plácidamente, ajeno a lo que acababa de suceder. Había una rabia fría en su pecho, pero no había espacio para dejarla salir. No ahora. No cuando su cuerpo la reclamaba por completo.
Isabel caminó hacia la puerta, dejando atrás la cama, las sábanas manchadas y al hombre que aún dormía. No lo despertaría. No lo necesitaba. Nunca lo había necesitado. El dolor la atravesaba como una ola, pero seguía adelante, porque sabía que, a partir de esa noche, nada sería igual ni para ella, ni para su hijo, ni para nadie.

Isabel emergió de su habitación como una sombra que se tambaleaba en la penumbra. El dolor era un martillo constante en su abdomen, pero sus pasos seguían, desordenados y urgentes, impulsados por algo más que el instinto. La noche parecía más oscura de lo habitual, y cada paso en el suelo de tierra compacta resonaba con un eco que solo ella podía escuchar.

Desde su cuarto, separado por unos pocos metros, Néstor había escuchado el portazo y los jadeos de Isabel. Salió al patio con rapidez, descalzo y con el semblante endurecido por una mezcla de culpa y preocupación. Había oído mucho más que el portazo; había oído lo suficiente para saber que su hermana sufría cada noche, que el silencio de su casa era tan cómplice como él mismo. La vio doblarse levemente al caminar y, por un instante, dudó. Pero la sangre lo impulsó: se acercó a ella con un gesto torpe, intentando sostenerla antes de que cayera.

Su hermana levantó la mano como una barrera, con un movimiento brusco que lo detuvo en seco. La rabia en sus ojos era como un cuchillo. Quizás porque sabía que él lo había escuchado todo y no había intervenido. Quizás porque, en ese momento, necesitaba moverse sola, ser fuerte ante un cuerpo que parecía desmoronarse con cada contracción. Néstor la soltó sin tocarla, pero la siguió dos pasos detrás, como una sombra que no sabía si quería protegerla o pedirle perdón.

El camino a la casa de Doña Elvira era corto. La vieja comadrona vivía en la misma cuadra, casa por medio en dirección a la plaza del pueblo. Las reglas eran explícitas: las mujeres soportaban, los hombres miraban. Elvira era conocida por traer al mundo a casi todos los hijos de Nueva Plata y sus alrededores, pero también por ser el recurso de las que no querían (o no podían) continuar con sus embarazos. En su silencio y discreción, Elvira era tanto salvación como condena. Isabel llegó a la puerta y golpeó cuatro veces, cada golpe resonando más débil que el anterior. Néstor, desde una prudente distancia, observaba la escena, incapaz de moverse. Sabía que en este momento no tenía lugar ni derecho, pero no podía dejarla sola.

La puerta se abrió, y Doña Elvira apareció. Su rostro, curtido por años de madrugadas como esta, no mostró sorpresa, pero sus ojos brillaron con la certeza de que este momento lo había esperado desde que la barriga de Isabel comenzó a crecer. La dejó pasar sin palabras, con un gesto firme que indicaba la cama de madera en la que tantas mujeres habían dejado su sudor, sus lágrimas, y, a veces, algo más.

Con manos expertas, la partera terminó de arrancar la ropa que colgaba del cuerpo de Isabel. Cada prenda rota parecía una confesión, un recordatorio de lo que su cuerpo había soportado. Isabel no lloraba, ni gritaba. Solo respiraba, su aliento entrecortado llenando la pequeña habitación. Néstor, aún en la puerta, permanecía inmóvil, como una estatua que no sabía si avanzar o desaparecer.

El trabajo de parto comenzó de inmediato. Las contracciones sacudían el cuerpo de Isabel como olas que no daban tregua. Elvira, silenciosa y precisa, se movía como si fuera una extensión de la mujer que sufría en la cama. Néstor observaba desde la penumbra con sus manos apretadas en puños. Sabía que era testigo de algo que no le pertenecía, algo que, por mucho que quisiera, nunca podría comprender.
La hora pasó como una eternidad. Los gemidos de Isabel, las órdenes de Elvira, el jadeo del aire que se rompía en cada contracción llenaron el espacio. Cuando el llanto del recién nacido rompió el silencio, todos se detuvieron. Luis había

nacido.

Elvira lo sostuvo con firmeza, pero su rostro endurecido reveló lo que sus palabras no dijeron de inmediato. La cabeza del bebé era desproporcionada, mucho más pequeña de lo que debería ser. El cuerpo parecía fuerte, robusto, pero esa malformación evidente era como una marca que nadie en la habitación pudo ignorar.

Isabel, exhausta, extendió los brazos para recibir a su hijo. Sus ojos miraron al niño y luego se cerraron lentamente. No hubo gritos de horror, ni lágrimas de alivio, solo un silencio que pesaba más que el aire de la habitación.

Néstor no podía apartar la vista. En ese instante, no era el hombre protector, ni el hermano silencioso. Era solo un testigo, un espectador más de la tragedia que parecía haber nacido junto con ese niño. Elvira, sin levantar la mirada, limpió al bebé y lo colocó sobre el pecho de Isabel. Las manos de la mujer, temblorosas pero firmes, envolvieron al recién nacido con una mezcla de aceptación y resignación.
Nadie habló. Nadie sabía qué decir.

Isabel sostenía a Luis con firmeza mientras la comadrona terminaba su labor en silencio, con la eficiencia de quien ha visto nacer más vidas de las que puede recordar. Sus movimientos eran precisos: limpiaba los restos del parto, desinfectaba y recogía las sábanas ensangrentadas, pero Isabel no prestaba atención a nada de eso. Toda su concentración estaba en el pequeño rostro de Luis, en el peso cálido de su cuerpo, en la evidente malformación de su cráneo.

No había lugar para las preguntas. La microcefalia no era un término nuevo para Isabel. Desde los doce años, cuando descubrió su pasión por los libros de medicina, había leído sobre condiciones como esta. Sabía que no era solo una cuestión de tamaño; era el reflejo de un desarrollo cerebral limitado. Los textos hablaban de retrasos cognitivos, de complicaciones motoras, de vidas marcadas por una vulnerabilidad constante. Pero no había texto que describiera lo que era sostener ese diagnóstico entre los brazos, sentir la diferencia como un peso que iba más allá de lo físico.

Luis respiraba con suavidad, y su pequeño cuerpo parecía fuerte. Isabel lo envolvió mejor en la manta, como si el acto de cubrirlo pudiera protegerlo de lo que ella sabía que vendría. No había sorpresa en su mirada, solo aceptación. Era como si, en el fondo, hubiera estado esperando este momento desde que supo que estaba embarazada.

Elvira terminó su tarea y le dirigió una breve mirada. No hubo palabras, ni consuelo, ni preguntas. En este pueblo, no había espacio para explicaciones. La comadrona limpió sus manos, recogió los utensilios, y dejó que Isabel permaneciera con su hijo en ese momento de calma tensa.

Se levantó después de quince minutos. Sus movimientos eran lentos pero determinados. Luis, aún dormido, descansaba en sus brazos. No pidió ayuda; no miró a Néstor, que seguía parado en el umbral como un testigo mudo de todo lo que no podía cambiar y salió de la casa sin una palabra, con su hermano siguiéndola a una distancia prudente, sin atreverse a ofrecerle apoyo.

El camino de regreso fue breve, pero para Isabel fue interminable. El silencio del pueblo, las casas apagadas, las huellas de la madrugada eran el telón de fondo de una caminata que la dejaba más sola que nunca. Pedro seguía durmiendo cuando cruzó el umbral de su casa, ajeno al parto, al dolor, y a la vida que ahora descansaba en sus brazos.

No miró hacia la cama donde él roncaba ni buscó un gesto de comprensión que sabía que nunca llegaría. Luis respiraba tranquilo, y ese sonido tenue era el único que importaba.

Cerró la puerta detrás de ella, dejando a Pedro en su mundo y abrazando el suyo: uno en el que la lucha había comenzado desde antes del nacimiento de su hijo, y en el que solo ella parecía entender lo que significaba.

CAPÍTULO 14

LA ÚLTIMA IDA

Pedro despertó con el alboroto de los perros. El gallo, que nunca fallaba a las seis, se había permitido un descanso esa mañana. Era la primera albada realmente fría del año, pero la manada de perros no conocía de licencias. Religiosamente, se organizaban cada día como una jauría feroz, dispuestos a atacar el carro de la sodería que avanzaba por la calle de tierra con su carga de sifones. El ruido del carro era un aviso, un llamado a la revuelta, y los perros se lanzaban tras las ruedas ladrando con rabia, como si en su persecución fueran capaces de detener el curso del día.

El enfrentamiento era siempre el mismo. El repartidor, un hombre de baja estatura y peso promedio, se bajaba con el rebenque en mano, y la jauría, que un instante antes parecía invencible, salía disparada con aullidos de pavor. No todos escapaban ilesos. Siempre había uno que se quedaba atrás, alcanzado por el golpe preciso de la picante lonja, como un recordatorio de que el hombre era quien gobernaba esa calle y su carga. Los gritos del repartidor y el llanto de los perros llenaron el aire, y fue ese estruendo el que arrancó a Pedro del sueño.

Abrió los ojos de golpe, la cabeza aún pesada de la noche anterior. Había sido una de esas noches en que el boliche, con sus copas interminables, lo había embrujado y vencido, dejándolo noqueado hasta la mañana. El primer pensamiento que cruzó su mente fue una maldición, dirigida a Isabel, por no haberlo despertado a tiempo. El boliche debía abrir a las ocho, y seguramente ya había hombres esperando para primerar los mejores lugares.

Se giró para recriminarle, pero al hacerlo, su voz quedó atrapada en la garganta. Su mujer estaba tendida a su lado, pero no era la misma. Su cuerpo parecía más pequeño, derrotado, como si hubiera regresado de un campo de batalla del que solo quedaban restos. Su pecho desnudo y descubierto sostenía un bulto de trapos que, por un instante, Pedro no entendió. Había algo en su postura, en la forma en que el bulto reposaba sobre ella, que lo llenó de una inquietud nueva, algo que no lograba identificar del todo.

Con un movimiento lento, casi cauteloso, Pedro extendió la mano hacia los trapos. No sabía qué esperaba encontrar, pero había algo en ese momento que lo impulsaba a mirar. Cuando retiró los paños con cuidado, lo vio. El cuerpo pequeño de Luis, desnudo, con su diminuta cabeza descansando contra el pecho de Isabel, cuyos latidos parecían envolverlo en un ritmo que lo mantenía en calma. La piel del bebé estaba tibia, emparejándose con la de su madre, como si ambos fueran un solo ser, inseparables.

Pedro no reaccionó de inmediato. Su rostro mostró sorpresa, pero no la exageración de alguien que grita o se sobresalta. Era más bien un gesto contenido, una mezcla de desconcierto y aceptación. Miró al niño por unos segundos, observando con detalle lo que ya era evidente. Luego, sin decir nada, volvió a acomodar los trapos con movimientos torpes.

Se levantó despacio, murmurando algo que Isabel, sumida en un estado entre la vigilia y el sueño, no alcanzó a comprender del todo. Mientras se calzaba las botas, lanzó una frase al aire, seca, como si el peso de las palabras no le correspondiera: "Cuando vuelva, conversamos lo del chico."

No esperó respuesta. No estaba seguro de si ella lo había escuchado, ni le importaba. La rutina lo llamaba, y al otro lado de la puerta, la vida del pueblo seguía su curso. A esa hora, los hombres ya estarían reunidos frente al boliche, hablando de caballos, inventando teorías sobre el último muerto y desmenuzando los chismes recientes como si fueran el pan de cada día. Salió al patio, ensilló a Ciriaco y al trote enfiló hacia el camino viejo sin mirar atrás.

El frío de la mañana, tan cortante como inesperado, no lograba despejar la niebla de su mente. El animal avanzaba con pasos seguros, trazando el camino que ya conocía de memoria hacia el boliche.

Pedro, en cambio, se dejaba balancear por el movimiento, inmóvil, casi indiferente. Pero su mente no estaba en blanco; giraba en torno a un solo pensamiento, uno que se clavaba como una astilla: "Un chico deforme". No entendía del todo lo que había visto, pero no hacía falta. Sabía lo que significaba, no en términos médicos sino en términos del pueblo, de la gente, de lo que dirían. Las rarezas no eran algo que se aceptara con facilidad. Un niño así no sería visto como un simple infortunio; sería un estigma.

En esos pueblos, donde todos conocían la vida de los demás

al detalle, una deformidad física era más que un accidente. Era una maldición, una marca que señalaba no solo al niño, sino también a los padres. "Algo roto hay en ellos", dirían. Lo había visto antes, con otros. Hombres y mujeres reducidos al silencio y a la mirada baja porque alguien había nacido con algo que no encajaba en la normalidad estrecha del pueblo. Pedro podía imaginarse ya las conversaciones en el boliche, los murmullos que empezarían bajos pero crecerían con las copas.

El caballo avanzaba tranquilo, y Pedro dejó caer la mirada al suelo, al movimiento monótono de las patas del animal. No sabía el nombre de la criatura. Había salido dejando la conversación pendiente con su mujer, como si postergar pudiera evitar la carga que ya se sentía inevitable.
El aire frío no lograba despejar la sensación en su pecho. Criar a un chico así. La frase giraba en su mente con una crudeza que no podía evitar. No era solo la responsabilidad que implicaba; era lo que significaba para él como hombre en ese contexto, en ese pueblo, en ese tiempo. Los hombres no criaban niños débiles, y mucho menos aquellos que fueran un recordatorio constante de una falla, de algo que estaba fuera de lugar. Pedro sabía que esa era la lectura que harían los demás, aunque no la dijeran en voz alta.

El animal giró suavemente hacia la última porción del camino que llevaba al boliche, no necesitaba guiarlo; el caballo sabía exactamente dónde debía ir. Como imaginaba, un grupo de hombres ya lo esperaba, pudo divisar sus siluetas delineadas contra el sol de la mañana. Sabía que ese día no sería como los otros.

La impresión de lo que había visto no lo dejaría tan fácilmente. Ese chico no era solo un hijo con una condición; era el reflejo de todo lo que Pedro no quería enfrentar: el juicio del pueblo, la responsabilidad de criarlo, la verdad de que no sabía cómo lidiar con algo que escapaba a la normalidad que él siempre había dado por sentada.

CAPÍTULO 15

LOS OTROS

Nueva Plata siempre había sido un lugar con reglas, leyes y justicia propia, un pueblo donde el tiempo y la lógica parecían torcerse para encajar en algo más viejo que las palabras. No era un lugar que permitiera cambios; todo lo que ocurría se absorbía en un silencio mancomunado, y los días continuaban como si nada. Pero había cosas que no encajaban, cosas que la gente recordaba solo en susurros, si es que se atrevían a recordarlas.

Fue en pleno invierno, hace más de veinte años, cuando Elvira abrió su puerta a los Zapata. Eran tiempos más duros, con un frío que mordía la piel y los techos que goteaban de las heladas acumuladas. Atilio y Elena llegaron apresurados, envueltos en mantas raídas. La niña nació bajo la luz temblorosa de la lámpara. Fue un parto silencioso, casi como un acto de resignación.

La niña tenía el labio partido, una marca que dividía su rostro como un tajo. Su brazo izquierdo terminaba en un muñón a la altura del codo, y su llanto fue débil, apenas un murmullo que no alcanzó a llenar la habitación. La comadrona la limpió con cuidado, la sostuvo en sus manos por unos segundos y se la entregó a Elena, quien la observó con un gesto indescifrable.

La familia Zapata nunca habló de la niña. Ninguno de sus dos hermanos reconoció que alguna vez tuvieron una hermana, ni siquiera en las conversaciones más íntimas. Era como si aquella noche no hubiera existido, como si el parto hubiera sido solo un mal sueño enterrado bajo el peso de los años. Pero

Elvira lo recordaba. Lo recordaba porque esa no había sido la única vez.

Había otros. Había una madre que llegó con un niño de piel grisácea y ojos demasiado grandes, que respiraba con un sonido extraño, como el de un fuelle roto. Había otro, con una columna torcida que hacía que su cuerpo pareciera encogido, como si quisiera regresar al vientre que lo expulsó. Ninguno de ellos llegó a crecer. Ninguno permaneció en el pueblo el tiempo suficiente para que alguien se acostumbrara a su presencia.

En Nueva Plata, los diferentes simplemente desaparecían. No había funerales, ni entierros, ni explicaciones. Solo un silencio que envolvía a las familias, que cerraba las puertas y apagaba las luces de las casas donde algo que no debía ser había nacido. El silencio era la verdadera ley del pueblo, y las preguntas nunca eran bienvenidas.

Elvira sabía más que nadie. A sus setenta y cuatro años, sus manos habían traído al mundo a más niños de los que podía contar, pero había noches, como aquella de los Zapata, que nunca se borraban de su memoria. No porque fueran excepcionales, sino porque confirmaban lo que siempre había sabido: en Nueva Plata, no todos los nacimientos eran una celebración.

Había algo extraño en aquel lugar, algo que no se explicaba. Las madres solteras no existían, pero los hombres "solterones" eran una constante. Las familias vivían demasiado tiempo o se extinguían de golpe, como si un ciclo invisible dictara quién permanecía y quién no. Los niños diferentes, los que nacían con marcas en sus cuerpos o con un aire de fragilidad que no se podía ignorar, no duraban. Nadie preguntaba por ellos, y nadie los recordaba.

Mientras Isabel salía de su casa aquella madrugada, con Luis envuelto en trapos, Elvira pensó en los Zapata y en los otros nombres que ya no recordaba. Había secretos que se enterraban con facilidad, pero que nunca desaparecían por completo. Luis era solo el siguiente capítulo de una historia que nadie quería contar, pero que todos conocían.

Don pedro rompe el silencio frente a ese reloj con un llanto ruidoso pero contenido, al mismo tiempo que prepara el pañuelo para no dejar escapar la mucosidad instantánea que se asoma como gota en su nariz.

}

CAPÍTULO 16

LA REUNIÓN

Horacio regresaba a pie del tambo en su único día de franco, con el cuerpo desgastado por las madrugadas eternas y las manos endurecidas de tanto ordeñar. Era un trabajo implacable, con jornadas que comenzaban antes de que el sol se asomara y terminaban cuando la última vaca, ya alimentada y ordeñada, estaba en su lugar. Los días libres eran tan escasos que se vivían como una pausa irreal, un paréntesis en una rutina que no dejaba espacio para nada más. Pero aquel día, Horacio sentía una incomodidad que no podía explicar, como si el aire frío llevara consigo algo más que el invierno que empezaba a instalarse.

Llegando a la casa, algo le llamó la atención desde la vereda: Néstor estaba junto a la ventana de Isabel, inclinado hacia el vidrio, con el cuello torcido como si quisiera ver sin ser visto. La postura rígida, los movimientos cuidadosos no encajaban con su carácter. Había algo extraño, algo que hizo que Horacio sintiera una punzada de alerta.

—¡Che, Néstor! ¿Qué hacés ahí? ¿Le pasó algo a la chinita? —le dijo con fuerza, sin detenerse, pero su voz cargaba una urgencia que no era solo curiosidad.

Néstor se enderezó de golpe, como un niño atrapado haciendo algo que no debía. No respondió de inmediato, pero su rostro lo decía todo: algo había sucedido. Caminó hacia Horacio, sin apresurarse, pero con pasos que parecían demasiado ligeros para un hombre de su tamaño. Cuando estuvo a pocos metros, su voz salió en un susurro que apenas logró contener el peso de la noticia.

—Ya tuvo la Tita... anoche.

Horacio frunció el ceño. No hubo alegría en la voz de su hermano, ni tampoco alivio. Era más bien un tono seco, cargado de algo que no necesitaba palabras para hacerse entender. Horacio, que había dejado de caminar, se quedó quieto, como si sus botas estuvieran ancladas al suelo. Miró a su hermano a los ojos, buscando una explicación, pero lo único que obtuvo fue un gesto. Néstor negó con la cabeza, un movimiento breve pero cargado de significados que Horacio entendió demasiado bien.

El corazón le dio un vuelco. No era el tipo de noticia que se podía ignorar, no con ese gesto, no con ese tono. Sin pensarlo dos veces, echó a correr hacia la habitación, dejando a Néstor detrás, quien no intentó detenerlo.
No golpeó, no llamó. Empujó la puerta con tanta fuerza que esta rebotó contra la pared.
Lo que vio lo detuvo en seco.

Isabel estaba en la cama, pálida, hundida en un cansancio que parecía haberla dejado reducida a una sombra. Sobre su pecho, envuelto en trapos, estaba el recién nacido. La habitación, que debería haber sido un espacio de calma, olía a sudor y sangre, a todo lo que el cuerpo había dejado atrás para traer esa vida al mundo. Ella abrió los ojos de golpe, sobresaltada, pero no dijo nada. No tuvo tiempo.

Horacio se acercó con pasos rápidos y arrancó los trapos que cubrían al chico. El pequeño cuerpo quedó expuesto. Era imposible no verlo, imposible ignorar lo que significaba. Los ojos de Horacio se abrieron de par en par, primero mirando al niño y luego a Isabel.

—¿Ahora qué van a hacer? —preguntó, con la voz rota, como si las palabras le salieran sin permiso— ¿Qué van a hacer, Tita? ¿Qué van a hacer?

La repetición era más desesperada que interrogativa. Sus manos temblaban, como si no supiera qué hacer con ellas. Su rostro, deformado por el terror, parecía buscar una respuesta en el aire, algo que Isabel no estaba en condiciones de ofrecer. Ella no respondió. Sus ojos, hundidos y opacos, se clavaron en Horacio con una mezcla de reproche y vacío. No lloró, no habló, simplemente existía, como si la fuerza necesaria para explicarse se hubiera consumido durante el parto. En su pecho, el bebé hizo un leve movimiento, un sonido casi imperceptible que, en lugar de aliviar, parecía cargar el ambiente con más misterio.

Néstor llegó detrás de Horacio, cerrando la puerta con cuidado, como si ese simple gesto pudiera contener lo que estaba sucediendo. El silencio que siguió no fue de calma sino de tensiones acumuladas, de preguntas que ninguno de ellos sabía cómo formular.

Los tres hermanos permanecieron en la habitación, con el recién nacido entre ellos como el eje de algo que ninguno podía comprender del todo. Era más que un niño, más que una vida recién llegada. Era un reflejo de secretos que habían estado enterrados, de decisiones que aún no se habían tomado, de un pueblo que no perdonaba lo que no entendía y que de ninguna manera toleraría esta vez, menos esta vez.

La reunión había comenzado, y aunque ninguno lo sabía todavía, cambiaría todo.

CAPÍTULO 17

EL PESO DE LA VERGÜENZA

Mucho antes de la llegada de Luis, su madre ocultaba un indecoroso secreto.

En Nueva Plata, una mujer que no podía dar hijos no era simplemente una mujer; era una sombra. No había palabras directas, pero las miradas, los gestos, y los silencios decían lo que nadie se atrevía a pronunciar. Los días pasados de Isabel recién casada continuaban con una monotonía como de quien carga una cruz invisible, y las noches eran largas, interminables, llenas de una soledad que no podía compartirse ni siquiera con Pedro. Él no preguntaba. Ella no respondía. Pero el espacio entre ambos crecía con cada mes que pasaba sin un hijo que llenara la casa.

Las otras mujeres del pueblo, sin necesidad de ser crueles, eran recordatorios constantes de su fracaso. La mayoría estaba rodeada de niños, llenas de un propósito que ella no podía alcanzar. En la misa de los domingos, se sentía como una intrusa, una impostora entre todas esas madres. "¿Y vos para cuándo?" era una pregunta que ya nadie se molestaba en hacer, pero que flotaba en el aire, tan palpable como el peso en su pecho.

Los hermanos de Isabel también lo sentían. En un pueblo donde todo se sabía y todo se juzgaba, la reputación no era solo un bien personal, sino familiar. Néstor, el mayor, cargaba ese peso más que nadie. Era el hombre de la casa, el protector, el garante de que los Pizzano siguieran siendo una familia respetada. Isabel no solamente era su hermana; era una extensión de su responsabilidad, una parte de sí mismo que debía mantener a flote, incluso si eso significaba ensuciarse las manos.

Fue en una de esas noches de silencio y llanto, cuando Isabel se refugiaba en su cuarto, que Néstor entró sin pedir permiso. No había golpes en la puerta ni palabras innecesarias. Su presencia llenó el espacio como una sombra más.

El silencio fue más pesado que cualquier frase. Isabel, con los ojos hinchados y el rostro pálido, lo miró sin fuerza para preguntar qué quería. Ya sabía que lo que venía no sería una simple charla de consuelo.

La propuesta llegó como un susurro, pero su impacto fue como un grito. No había gestos bruscos, ni discursos largos, solo una idea, una posibilidad que Néstor dejó caer al aire con la frialdad de quien toma decisiones difíciles sin mirar atrás.

"Asegurarnos". Esa fue la palabra que quedó resonando en la mente de Isabel. No había preguntas ni dudas en la voz de su hermano. Era una lógica fría, desprovista de emoción. En su desesperación, Isabel intentó encontrar algún asidero para rechazarlo, pero todo lo que sentía era el peso de su propia incapacidad, el juicio del pueblo, la vergüenza. Era asqueroso, era monstruoso, pero era también una solución sin tener que manchar su reputación con infidelidades o riesgo de chismes que empeoraran todo.

No hubo un acuerdo explícito, solo una resignación que se instaló en el aire. Esa noche, Isabel no dijo nada. Pero cuando dejó la puerta sin cerrar, selló un pacto que la marcaría para siempre.

Esa noche, el silencio era el único lenguaje compartido entre Isabel y Néstor. La puerta, apenas entornada, no necesitó más que un leve crujido para anunciar que el pacto estaba sellado. Isabel, sentada en el borde de su cama, no alzó la mirada cuando entró su hermano. No había palabras que aliviaran la asquerosidad del momento, ni explicaciones que justificaran lo que estaban a punto de hacer. Era un acto mecánico, nacido de la desesperación, de la presión, y de una vergüenza que ninguno podía permitirse cargar por más tiempo.

Néstor no vaciló, aunque sus movimientos carecían de cualquier calidez. No era deseo, no era conexión; era un trámite oscuro y frío, una solución que ambos sabían que debía quedar enterrada en esa habitación.
Isabel cerró los ojos, no porque quisiera ignorar lo que ocurría, sino porque no podía soportar enfrentarlo.
Pero Horacio escuchó.

Desde la penumbra del pasillo, donde la casa parecía tragarse todos los sonidos excepto los que no debían ser oídos, Horacio permaneció inmóvil. Había salido de su cuarto buscando el origen de los ruidos que lo despertaron, pero lo que encontró fue una escena que nunca debería haber existido. Los murmullos apagados, el crujir del colchón, los sonidos entrecortados que hablaban más de obligación que de entrega. No necesitó abrir la puerta para entender.

Se quedó ahí, con las manos apretadas en puños y los ojos clavados en el suelo, como si al no mirar pudiera borrar lo que sabía que sucedía al otro lado de esa puerta apenas entornada. No intervino. No porque no quisiera, sino porque el peso de lo que significaba esa escena era mayor que su propio cuerpo. Eran sus hermanos, enredados en un acto impensado, indignante, y él no era más que un testigo mudo de una tragedia que ninguno de ellos admitiría jamás.

Cuando la puerta volvió a abrirse del todo, Néstor salió al pasillo prendiéndose el pantalón. Sus manos, torpes pero firmes, ajustaban el botón mientras avanzaba con pasos lentos, pero seguros, como si lo que acababa de hacer no mereciera más reflexión. Al girar, se encontró de frente con Horacio.

Por un momento, el tiempo pareció detenerse. Los ojos de Horacio, abiertos de par en par, se clavaron en los de Néstor con una mezcla de incredulidad y horror. No hubo palabras, no hubo intentos de explicaciones. Néstor lo miró directamente, con un gesto que no pedía disculpas ni ofrecía excusas, y siguió caminando hacia su habitación sin apurarse, sin cambiar el ritmo de sus pasos. Era como si el acto mismo de ignorar a su hermano sellara el silencio entre los tres.

Horacio no regresó a su habitación de inmediato. Quedó ahí, parado, sintiendo cómo el aire se volvía más frío a cada segundo, cargado del pesar de algo que ninguno de ellos volvería a mencionar, pero que todos llevarían consigo.

El Boliche Quemado

CAPÍTULO 18

SANGRE Y QUIEBRE

Isabel sabía que esto podía suceder. Lo había estudiado en sus libros de medicina, en los textos que hablaban de genética, de consanguinidad, de cómo las uniones entre parientes cercanos podían abrir la puerta a errores ocultos en el linaje. Sabía que esa condición era una posibilidad, un riesgo que no siempre se materializaba, pero que cuando lo hacía, hablaba con una claridad imposible de ignorar.

Luis nació con esa marca, no era solo una deformidad; era una consecuencia. Isabel había aceptado el plan de Néstor en un momento de desesperación, de presión insoportable, y aunque sabía que el resultado podía ser devastador, había apostado al silencio, a la esperanza de que nada sucediera.

La biología no se doblega ante el deseo humano. Los genes recesivos, que dormían en su linaje y en el de Néstor, encontraron su eco en el cuerpo de Luis. La microcefalia no era una maldición ni un castigo divino; era el producto inevitable de un riesgo asumido. Isabel lo entendió desde el momento en que lo sostuvo por primera vez, y el peso de ese conocimiento fue más aplastante que cualquier juicio externo.

Su hijo era la evidencia viva de un secreto que Isabel no podía borrar, la prueba irrefutable de que la desesperación, la vergüenza y el intento de cumplir con las expectativas del pueblo habían cobrado su precio. Cada vez que lo miraba, sabía que no era culpa de él, pero tampoco podía evitar sentir que su pequeño cuerpo llevaba la carga de todo lo que había salido mal.

En Nueva Plata, no habría espacio para explicaciones. El pueblo no necesitaba entender la genética para condenar; el resultado era suficiente.

La habitación de Isabel se había convertido en una trampa. Horacio caminaba de un lado a otro, desbordado, con los brazos tensos y los ojos que evitaban cualquier punto fijo, como si al moverse pudiera escapar de lo que sabía que había que enfrentar.

—Ustedes nos arruinaron a todos —espetó, deteniéndose por un instante para encarar a sus dos hermanos—. Encima ya la vio todo el pueblo embarazada a esta otra, ¿cómo hacemos ahora para presentar a un subnormal en sociedad? Vamos a dar de que hablar en todos lados, "los falladitos Pizzano".

Néstor lo observaba en silencio, con la mandíbula apretada y los brazos cruzados. Era un muro, frío y calculador, pero en sus ojos había algo que ardía. Isabel permanecía sentada en la cama con su hijo en brazos, sus labios tensos y la mirada fija en un punto indeterminado. Su cuerpo inmóvil era lo único que sostenía la poca compostura que quedaba en esa habitación.

—¡Esto es peor que no tener hijos, Tita! —continuó Horacio, su voz subiendo un tono, desbordándose más con cada palabra—. ¡Es una sentencia! No van a tolerar a un deforme por las calles, ni cerca de los chicos del pueblo. ¡Encima ni esperaron que yo esté en el tambo, me tuvieron que hacer parte de esto! Les gritó.

La palabra "deforme" rebotó en las paredes como un disparo. Isabel cerró los ojos por un momento, pero no dijo nada. Néstor, en cambio, dio un paso al frente. Su voz, cuando finalmente habló, era baja pero firme, como una advertencia.

—Bajá el tono Horacio. Esto no tiene por qué salir de acá. Pensemos algo.

Pero Horacio no tenía intención de calmarse. Las palabras de Néstor, lejos de apaciguarlo, lo encendieron más. Su respiración se aceleró y, con un gesto violento, señaló a sus dos hermanos.

—¡Son unos degenerados! —gritó con su voz cargada de rabia y asco. —¡Esto es culpa de ustedes, de los dos!

Néstor avanzó sin vacilar. El golpe de puño, le dio en el maxilar izquierdo, fue rápido, preciso, como si hubiera estado esperando ese momento. Horacio perdió el equilibrio de inmediato y cayó de costado atravesando la puerta, hasta que su cuerpo golpeó el suelo polvoriento del pasillo. El silencio que siguió fue más fuerte que cualquier grito.

Isabel se levantó de inmediato con el bebé aferrado a su pecho, pero no intervino. Desde el suelo, Horacio se arrastraba hacia atrás, manchándose las manos con la tierra. Su mirada era una mezcla de terror y furia fija en Néstor, quien caminaba hacia él con pasos lentos pero determinados.

—Tranquilízate Horacio, ya te lo había pedido. —la voz de Néstor era baja, cargada de una amenaza implícita—. No hagas algo de lo que te puedas arrepentir.

Pero Horacio no escuchaba. El golpe lo había sacado de sí, y ahora solo veía enemigos frente a él. Se levantó con dificultad, tambaleándose y retrocedió unos pasos, señalando a Néstor y a Isabel con un dedo acusador.

—¡Esto no se queda acá! —dijo con su voz quebrándose por la furia—. Voy a ir con Pedro, le voy a contar todo. ¡Todo! No esperó respuesta.

Giró sobre sus talones y salió corriendo hacia la calle. Isabel quedó inmóvil en el umbral, con el bebé aferrado a su pecho, mientras Néstor permanecía en silencio, observando cómo Horacio desaparecía corriendo hacia el camino viejo.

Sabían exactamente a dónde iba. Al boliche, con la garganta llena de cosas que decir y confesar.

Horacio corría por el camino viejo como si el aire frío le quemara los pulmones. Por momentos, el impulso de su furia lo hacía acelerar, pero el cansancio pronto lo obligaba a caminar con los brazos colgando a los costados y la respiración entrecortada. Las piedras sueltas del camino crujían bajo sus botas, y a su alrededor la noche parecía un espejo oscuro que no devolvía ninguna respuesta.

Cada paso lo acercaba al boliche, pero también al abismo, quizás tenía la esperanza de despegarse de semejante locura y quedar ante su cuñado y el pueblo como alguien de bien, diferente a sus hermanos degenerados que no solo merecían el desprecio de todos, también debían ser desterrados con la bestia que engendraron.

Más atrás, Néstor e Isabel subían al sulky. El animal,

acostumbrado a la rutina y la calma de los días, pareció reticente al inicio, pero Néstor lo instó con una firme sacudida de las riendas. Isabel se sentó junto a él, con el bebé envuelto en sus brazos, sus ojos fijos en el horizonte iluminado por la luna llena. No hubo palabras entre ellos, solo la urgencia de un destino que compartían a regañadientes.

El camino viejo era estrecho, y las ruedas del sulky seguían las huellas marcadas en la tierra. Néstor miraba hacia adelante con sus manos tensas sobre las riendas, mientras Isabel apretaba a Luis contra su pecho sintiendo el frío que se colaba entre las mantas. La noche parecía alargarse con cada golpe del caballo, pero el silbido del viento y el eco de las pisadas de Horacio en la distancia les indicaba que estaban cerca.

CAPÍTULO 19

EL FILO DE LA NOCHE

Eran las dos de la mañana cuando las tres figuras llegaron al boliche. Horacio llegó primero, sin aire en los pulmones, con el cuerpo inclinado hacia adelante, empujando la puerta como si su propia rabia pudiera derribarla. La madera crujió con un eco que rompió el silencio del lugar. Dentro, Pedro levantó la vista desde el mostrador, donde su mano sostenía un vaso que parecía estar demasiado lleno para ser el último de la noche.

Desde la mañana, cuando vio al recién nacido por primera vez, no había encontrado el valor para regresar a casa ni siquiera a almorzar. Las palabras que necesitaba para encarar a su esposa, para entender lo que había pasado, parecían ocultarse al fondo de cada copa y las había buscado, una tras otra, hasta que el último cliente, un peón de la Medianoche, quedó como su única compañía.

El golpe de la puerta lo sobresaltó y levantó la mirada justo a tiempo para ver a Horacio entrar. La llegada intempestiva de su cuñado no solo era inusual, era inquietante. Pedro, con los ojos vidriosos y el rostro endurecido por el alcohol y las horas, se enderezó en su lugar, esperando alguna explicación.

Afuera, Néstor aseguraba el sulky con movimientos rápidos y decididos. Saltó al suelo y se giró para ayudar a Isabel, que bajó con dificultad con su hijo envuelto y pegado a su pecho. El cabello suelto de Isabel brillaba bajo la luz de la luna, pero su expresión no mostraba más que una mezcla de cansancio y algo más profundo, algo que no podía definirse.

Cuando entraron, el peón, que había permanecido en su rincón hasta entonces, se levantó tambaleando. Su mirada pasó de Isabel al bebé, luego a Néstor, y sin decir nada, salió por la puerta trasera, dejando el espacio aún más vacío.

Pedro dejó el vaso sobre el mostrador con un ruido seco. Sus ojos, cargados de preguntas y desconfianza, se posaron en Isabel. Una mujer en el boliche y encima a esa hora, bajo esas circunstancias, era suficiente para desarmar cualquier noción de normalidad.

Las tres presencias llenaron el espacio con una tensión que parecía viva. La puerta quedó entreabierta, dejando que la brisa helada de la madrugada se colara en el lugar, mientras el caballo afuera resoplaba con inquietud. La confrontación era inevitable, pero el primer movimiento no llegaba, como si todos aguardaran un desenlace que ninguno sabía cómo controlar.

Horacio habló primero. Su voz, rota por la furia y el escándalo cortó el aire del boliche como un hacha en la madera húmeda. Isabel, de pie junto a Néstor, intentó detenerlo, su mano alzada era apenas un gesto inútil que no alcanzó a callarlo.

—¡Pedro! —exclamó Horacio, con el rostro encendido por el enojo. Pero antes de que pudiera soltar la verdad, Néstor lo tomó del hombro y lo empujó hacia atrás con una fuerza que lo hizo tambalearse y con valor, quiso ser él quien dijera la verdad.

—Anoche la Tita parió un hijo, Pedro. Pero ese hijo no es tuyo; es mío. —La voz de Néstor, grave y firme, resonó en el espacio vacío, arrastrando cada palabra como un juicio inapelable—. No le vamos a andar dando mucha vuelta al asunto, vos estás fallado hombre, no la podías preñar y ya la gente en el pueblo andaba hablando de nosotros, todo fue para salvar la familia, la desgracia es que el chico nació con problemas y ahora hay que hacer algo y ya que estamos todos aca...

Pedro, concentrado en el doblez de su manga izquierda, se detuvo. La pausa que hizo no fue para reflexionar, sino porque esas palabras, tan brutales como claras, lo habían dejado suspendido en el tiempo. Levantó la mirada, lentamente, primero hacia el bulto de trapos que Isabel sostenía con rigidez, y luego hacia sus ojos. En ese momento, la verdad se instaló en él con una brutalidad indescriptible.

En la sociedad de Nueva Plata, una mujer no traía hijos al mundo solo para cumplir con la biología; los hijos eran la medida de su lealtad y su valor. El cuerpo de la mujer pertenecía a su marido, un pacto sellado en el altar y reforzado por la aceptación del pueblo. La traición no era solo un acto contra el hombre; era un golpe directo a la fibra misma de lo que significaba ser hombre en esos tiempos. La infidelidad de Isabel, por más atroz que fuera, no se limitaba a ser un desliz; era un desafío al orden social, pero en este caso, no era cualquier infidelidad, no era otro hombre del pueblo, no era un extraño, era su propio hermano.

Pedro, un hombre sin estudios, con manos endurecidas por el trabajo y una vida sencilla, no necesitaba entender teorías ni complejidades morales para saber que aquello era algo que no podía existir.

El hijo que creía suyo no solo no lo era; era el resultado de algo monstruoso, algo que desafiaba toda lógica y toda razón, para él, Isabel no era solo su esposa; era su razón de ser. Desde los quince años, cuando la vio por primera vez en el campo de Funes, había orientado cada decisión de su vida hacia un único objetivo: tenerla. Cada hectárea trabajada, cada moneda ahorrada, cada golpe recibido en silencio, todo había sido por Isabel. Y ella, con su sonrisa escurridiza y su mirada baja, siempre había sido el centro de su mundo, el faro que lo hacía avanzar incluso en las noches más oscuras, pero ahora, esa mujer se había transformado en el fuego que consumía todo lo que había construido. No solo lo había traicionado, lo había despojado de lo único que tenía sentido: su honor, su linaje, su identidad como hombre.

En Nueva Plata, un hombre traicionado no tenía lugar. La humillación no era solo personal; era pública, una marca que no podía borrarse y que se transmitiría como un susurro entre las paredes de las casas, en las mesas del boliche, en los campos donde los hombres se inclinaban sobre la tierra para trabajar.

Para Pedro, esa traición era una herida abierta, un abismo que se tragaba no solo su confianza, sino todo lo que alguna vez creyó ser. La mujer que había construido su vida se lo había arrancado todo de las manos, y lo había hecho con una brutalidad que no necesitaba adornos.

Y ahora, mientras su mirada iba de Isabel a Néstor, y luego al bulto de trapos que cobijaba al niño, Pedro sentía que algo en su interior comenzaba a romperse, lenta pero inexorablemente. La traición no era solo una herida; era una sentencia. Una que apenas comenzaba a entender.

Terminó de doblar su manga, un gesto que parecía insignificante pero que era el preludio de algo irreversible. La tensión en el boliche era tal, que ni siquiera el viento que se colaba por la puerta abierta podía disiparla. Levantó el rostro y, sin pronunciar palabra, caminó lentamente por el borde del mostrador.

Cada paso era una sentencia, cada movimiento una declaración tácita de que no había vuelta atrás. Los tres hermanos lo observaban enmudecidos, sus ojos seguían cada gesto, cada detalle de un hombre cuya furia no se manifestaba en gritos, sino en un control tan absoluto que helaba la sangre.

Cuando llegó al extremo del mostrador, corrió la butaca para poder pasar sin torpeza. El sonido del mueble contra el suelo fue el único ruido que rompió el aire. Néstor, robusto y erguido, lo enfrentaba con una mirada expectante, cargada de tensión, lista para el conflicto que fuera.

En esa época, no era extraño que los hombres llevaran un cuchillo en la cintura, mucho menos en el contexto rural. Era una extensión del cuerpo, tan común como el sombrero o las botas. Algunos eran piezas labradas, verdaderas obras de arte con empuñaduras de guampa pulida y filigranas grabadas.

Otros, sencillos y funcionales, se mantenían siempre afilados, listos para sacrificar un animal, cortar una soga o, como en esa noche, resolver lo irresoluble.

Pedro avanzó un paso más. Con cada movimiento, veía su vida pasada y futura desmoronarse. Las imágenes de Isabel, los años dedicados a construir un mundo que ahora se le presentaba como una farsa, se mezclaban con el dolor de una traición tan monstruosa que parecía extraída de las pesadillas más profundas. No hubo advertencias ni palabras de despedida.

En un solo movimiento cruzado, Pedro desenvainó el cuchillo con una habilidad inesperada. La hoja relució bajo la luz tenue de las lámparas y el filo encontró la garganta de Néstor con una precisión letal. No fue un corte profundo, apenas una caricia del acero, suficiente para apartarlo a un costado y quitarlo del camino. Con el mismo gesto, con una fuerza que parecía no corresponderle a un hombre embriagado por el dolor, hundió la hoja completa en el pecho de Horacio. El impacto fue seco, sin lugar a dudas ni retrocesos.

Pedro no apartó la mirada de Isabel durante todo el acto, y ella, inmóvil, lo sostuvo con sus ojos. No hubo súplicas ni reproches, solo una comprensión compartida de que aquello era el final que ambos sabían que llegaría.

El rojo dominó la escena. Era el color de la ira, de la traición, de la sangre que se derramaba en silencio. Néstor, tambaleante, llevó las manos a su cuello, mientras Horacio se desplomaba de rodillas y su aliento se escapaba en un jadeo final. Pero

Pedro no se detuvo. Su determinación era la de un hombre que no tenía nada más que perder. En un acto que parecía trascender lo humano, Pedro siguió hacia su mujer. Los dos sabían lo que venía.

No fue el filo lo que atravesó a Isabel y al niño al mismo tiempo, sino la verdad que ambos cargaban.

En ese último gesto, no había rabia, solo el peso de un amor enfermizo y una traición que nunca podría repararse. Los tres hermanos quedaron de rodillas, esperando el golpe inevitable contra la tierra sucia del boliche.

El bulto de trapos cayó al suelo, mudo y rojo, y siguió rodando hasta detenerse en las botas de Horacio.

CAPÍTULO 20

EL BOLICHE QUEMADO

Pedro no se permitió un respiro. Con la misma precisión que había usado para sellar los destinos de los hermanos, comenzó a cargar las seis lámparas de parafina, una a una. Los vidrios, ya oscuros y pidiendo descanso, se volvieron armas en sus manos. La primera se estrelló contra la pared, y el fuego comenzó a trepar con una rapidez alarmante. La segunda voló hacia el mostrador, derramando su furia líquida sobre la madera vieja. El vino acumulado en los tablones pareció alimentarse de las llamas, chisporroteando como si se celebrara el final.

Las estanterías, llenas de botellas que alguna vez significaron vida y camaradería, explotaron en una sinfonía de cristales y llamas. Las mesas, testigos de incontables charlas y peleas, se convirtieron en pilares ardientes que sostenían el techo por última vez.

Pedro, mientras tanto, caminó hacia la salida con la calma de quien ha aceptado su destino. Ató su caballo al sulky con movimientos firmes, sin mirar hacia atrás, aunque el calor del incendio ya le quemaba la nuca.

Era un espectáculo devastador. Las llamas danzaban como si celebraran el colapso de todo lo que había construido, iluminando los cuerpos que quedaban dentro como sacrificios en un altar. La luna llena, indiferente, observaba desde lo alto, sellando la noche con un silencio que ahogaba cualquier esperanza de redención.

El boliche ardía como una tumba inmensa, y Nueva Plata, esa noche, ganaba un secreto más que nunca podría borrar.

Pedro durmió esa noche como si las llamas, la sangre y el peso de los cuerpos no hubieran existido. Su respiración lenta y profunda no reflejaba culpa ni remordimiento, solo el vacío de quien ha cruzado un umbral del que no hay retorno. En su mente, el fuego del boliche era un punto final, una conclusión inevitable a una historia que jamás debió ser contada.

En Nueva Plata, los secretos no eran excepciones; eran los cimientos sobre los que se sostenía todo. El silencio era la norma, y las verdades incómodas se enterraban bajo el polvo de los caminos y la rutina de los días. Lo que Pedro había hecho no sería cuestionado ni discutido. "Por algo habrá sido", dirían en voz baja, sin esperar detalles. El pueblo no buscaba justicia; solo preservar la frágil estabilidad que todos compartían.

La comunidad, con su aparente inmovilidad, actuaba como un organismo único. Los rumores no se propagaban, las preguntas no se hacían, y las verdades dolorosas se transformaban en ausencias, huecos que nadie intentaba llenar. Nadie mencionaría el boliche ni a los que habían muerto en él. Los perros, que ladraban ante cualquier ruido nocturno, habían callado esa noche. Incluso el viento, que arrastró las cenizas, parecía saber que no debía cargar con nada más que el olvido.

El silencio no era cobardía; era supervivencia. Admitir una traición como la de Isabel, un acto de furia como el de Pedro o un nacimiento como el de Luis, significaba abrir una grieta en la fachada colectiva del pueblo. Y en un lugar donde cada saludo y cada mirada eran una confirmación tácita de que todo estaba en su sitio, cualquier grieta era inadmisible.

Esa mañana, mientras las primeras luces del día teñían los campos, Nueva Plata volvió a su rutina. Los hombres se inclinaban sobre los surcos, las mujeres barrían los patios, y el carro de la sodería repartía al mismo ritmo de siempre. Las ruinas del boliche eran un recordatorio mudo de lo sucedido, pero nadie las miraba por más de un segundo. "No hay nada que ver", murmuraban, desviando la mirada antes de seguir su camino.

Nueva Plata sobrevivía callando. Callaba crímenes, vergüenzas y deformidades. No eran secretos para proteger a nadie; eran el precio de una comunidad que no podía permitirse enfrentar sus propios monstruos. Así, el pueblo seguía adelante, intacto en apariencia pero cargando con la verdad enterrada. Allí, el tiempo no avanzaba; se acumulaba.

Lo que Pedro había hecho no sería juzgado, nadie había visto nada, ni tenía nada que decir. Incluso el peón de la estancia, el último cliente de la noche negó haber visto algo anormal.

Juzgarlo habría sido admitir que ocurrió, y en un lugar donde lo indeseable se desvanecía en el olvido, no había espacio para esa admisión. Pedro, desde algún rincón que ya no existía para nadie, dejó de ser. No era hombre, víctima ni verdugo; se convirtió en un eco perdido en las miradas esquivas de los vecinos, en murmullos que morían antes de convertirse en palabras. Su existencia, como la de tantos otros en el pueblo, se diluyó en el vacío que todos sabían ignorar.

En Nueva Plata, lo que no se nombra no existe, y lo que no existe nunca alcanza a doler. El boliche que ardió es un recuerdo borroso, una verdad que nadie quiere sostener demasiado. Si se pregunta, algunos lo negarán con firmeza, otros callarán incómodos, y unos pocos tal vez murmuren fragmentos entrecortados que no conducen a nada, otras historias, otros nombres.

Todos saben, pero nadie lo admite, porque allí las historias no se cuentan para revelar, sino para enterrar.
El silencio es la única verdad que perdura. Lo demás, como las brasas apagadas en el camino viejo, es solo ceniza, flotando entre lo que fue y lo que nunca será del todo cierto.

— *FIN* —

El Boliche Quemado

Biografía del Autor:

Cristian Piscitelli nació el 27 de abril de 1981 en Chacabuco, provincia de Buenos Aires, Argentina. Creció en Daireaux, un pequeño pueblo bonaerense cuyas costumbres y silencios moldearon su pasión por la literatura.

Desde temprana edad, el temor a expresarse de manera directa lo condujo a canalizar sus emociones a través de la poesía, dando forma a sus primeros versos a los 13 años. Estos se transformaron con el tiempo en relatos breves y cuentos que compartía con su entorno más cercano.

Piscitelli ha dedicado su obra a explorar la psicología humana, el impacto del tiempo y la percepción de lo inacabado en la vida. Su estilo, arraigado en el thriller psicológico, sumerge al lector en historias intensas y detalladas, logrando una inmersión completa en cada escena. Ha sido reconocido en certámenes literarios por su capacidad para construir narrativas complejas y emotivas.

El Boliche Quemado representa su debut literario profesional y su proyecto más ambicioso. Inspirado por la enigmática historia de un boliche incendiado en Nueva Plata, Piscitelli tejió una novela que captura la esencia de los pequeños pueblos y el peso de sus silencios.

Durante su juventud, la escritura fue un refugio frente a episodios de bullying que marcaron su camino. Este espacio de creatividad transformó el miedo al juicio en relatos llenos de significado y humanidad. Actualmente, residente en Pehuajó, provincia de Buenos Aires, Piscitelli sigue explorando las sombras y matices de la condición humana, buscando conmover y desafiar a sus lectores.

Coordenadas del boliche.

Correo electrónico.

Made in the USA
Columbia, SC
22 February 2025